过往

车璞汉 著

北方文艺出版社

图书在版编目（CIP）数据

过往 / 车璞汉著. -- 哈尔滨：北方文艺出版社，2023.4
　　ISBN 978-7-5317-5822-8

Ⅰ．①过… Ⅱ．①车… Ⅲ．①长篇小说－中国－当代 Ⅳ．①I247.5

中国国家版本馆CIP数据核字(2023)第026873号

过往
GUOWANG

作　　者/车璞汉
责任编辑/王　爽　　　　　　特约编辑/陈长明
装帧设计/汇蓝文化

出版发行/北方文艺出版社　　　　邮　编/150008
发行电话/（0451）86825533　　　经　销/新华书店
地　　址/哈尔滨市南岗区宣庆小区1号楼　　网　址/www.bfwy.com

印　　刷/济南精致印务有限公司　　开　本/880×1230　1/32
字　　数/130千字　　　　　　　　印　张/7.5
版　　次/2023年4月第1版　　　　 印　次/2023年4月第1次印刷
书　　号/ISBN978-7-5317-5822-8　定　价/68.00元

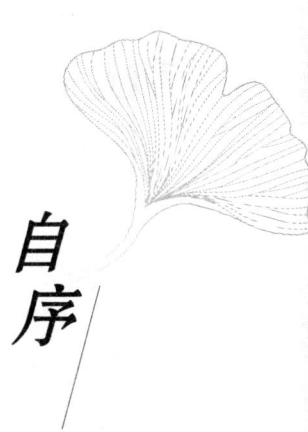

自序

很小的时候,我和爷爷奶奶生活在如今重庆下辖的虎峰镇,每年春节父母从成都归来团聚。稍大一点,该上幼儿园了,我就去了成都,从此和父母一样,只在春节才回到家乡。这段幼儿园之前的乡土记忆,像白色T恤上的火锅油滴,被岁月洗得越来越淡。但其中一件非常小的事我至今记得。

一次春节,父母回来,我们和整个院坝的很多家庭一起在院子里放鞭炮。那个时候,对环保的要求还不严格,在农村,谁家鞭炮放得响、放得多,是有一层寓意和面子在里面的。似乎人们只有在鞭炮声中才能挺直腰板,长舒一口气,似乎新的一年只有在闪光和声响中才能到来。

亲戚家买了一个特别贵的冲天炮,是虎峰镇上能买到的最贵最好最大的冲天炮。亲戚们约好,在凌晨时分放这个。

等到凌晨真正放的时候,大伙却哑然失笑。原来,如此昂贵的冲天炮,竟然只有一发。这昂贵的一发,迅速淹没在除夕夜连续的轰隆声里。我爸笑着对亲戚说:"搞了

过往

半天,你这个炮只有一发!"大人们都笑了。

不知道为什么,这段记忆深埋在我脑中。很快,我就离开了虎峰,去了成都。再之后,去山东读书,又回到成都,再去杭州……我兜兜转转,普通话越来越好,乡音却越来越怪。二〇二一年初,我在另一场稀疏的鞭炮声的末尾,回到了成都。

工作的几年中,我时常被一种恍惚感惊醒,像是:"啊?新的一年?"或者"啊?今天是我的生日吗?"再也没有某种符号化的声音和闪光提醒我,现在是什么时间,现在是什么情况,现在应该欢笑还是严肃。社会上的答案,隐藏在更深的地方,需要自己好生琢磨,全然不似童年的春节那般通透易懂。与此同时,人为的纪念与新造的节日越来越多,却让我失去了期盼。新年的结束是什么?新的一年啰。夜晚的结束是什么?新的一天啰。工业化、现代化发出比炮仗更猛烈的声、光、电,刺激人们浓缩快感结算的周期,把期望、热爱和梦都切得细小。人的迷失——某种现代病,就发生在此刻。如果未能寻得长期的自我实现和满足,那就一定会沉溺于被切割成一小块一小块的、被他人定义的苍白的幸福中。于是人从过去那种狂信的愚昧,走向了今天无信的痛苦。

继续这么走下去,把这些零碎的东西拼起来,大概就是我的一生吧,没有枪与剑,没有血与花,月下也没有三人。人究竟要多少年,才能明白自己不是主角呢,没有编剧为自己写专属的剧情,反倒是需要经常出现在别人的剧情中充当路人甲。精彩与我不相干，挡住主角殊可恨。当然了，今天这样的叙事已经被广泛地传播与认可了。大家热衷于"丧"、自嘲，乃至于干脆化身为人生导师，以千帆阅尽的姿态教训别人："……总之，别太把自己当回事！"——人们教给彼此平凡的意义。但其实，仔细观察后才发现人们心中还是痛苦，敏锐的人引经据典，在哲学和文学中上下求索；不太敏锐的人也会突然失眠，然后说一句："感觉哪里怪怪的。"不甘心的人们用反复确认、暗示平凡的方式来降低预期，缓解痛苦。

按理说，不太优秀的我，只需要配合人们演出，双手一摊，深深鞠躬就可以谢幕。然而我很忐忑。我似乎有两个脑子，一个脑子面对现实，与人厮杀，疲于奔命，总在想"怎么办？"另一个脑子，则在乏善可陈的记忆中搜寻，发掘出那一丁点儿于我有特殊含义的，进行维护、发展。何以使"这一瞬间竟似曾相识"成为可能？想必就是第二个脑子的辛苦付出，它把生命中两个似乎毫不相干的瞬间联系在一起，清楚地揭示出那事物背后真正的共性，还有相同的生命触感。这个脑子通过这种方式不停告诉我，不要忘记自己的一生，并赋予我忘却、背叛、放弃、无意义的痛苦。这一次，第二个脑子对我说："想一想童年那只有一发的昂贵炮仗吧！"

那只有一响的炮，在物质世界中引起空气的膨胀、坍缩、摩擦和振荡，然后把自己扩张弥散到广阔的空间中，撕裂自己，剖出内里，最后变成几片碎纸，从高空散下来。

过往

这开始、发展、高潮、结束都在一刹那完成。但那时的情绪和记忆，却留在我的脑海里。我坚信，这世界上已经不会有任何其他当事人记得这件事了，而我记得。我记得，是不是就够了呢？是不是可以说，即使只在一个人的记忆里长存，那也是有意义的。只要去做了，去燃烧了，去爆炸了，把真真正正的自己剖出来看了，只要全世界哪怕只有一个人看到了，那就构成了永恒的可能？虽然这只是可能，但我们也只有可能，不是吗？治疗现代病的唯一方式，就是让人们放下计算，为那一丁点儿的可能，去做点什么。在另外一种语境中，可能的放大版，被称为希望。

那么就再制造一声炮响吧，创造一记只属于我的爆炸。当我拥有这本书的时候，实际上拥有了二十六岁的自己，拥有了二十六岁时自己的幻梦。在这场华丽的梦中，永恒终于击中了我。

种种苦难与挫折，迷惘与失落，皆已成"过往"，权当成长的代价，命运赐予的另一种财富。由此淬炼出的心灵，纵然伤痕累累，却也更加坚韧。而未来的路，由一双经过如此砥砺的脚来走，不管顶风还是冒雨，总会走得更稳健和从容一些……

目录

第一章　在竹林中 / 1

第二章　婆婆的反应 / 9

第三章　传宗接代 / 19

第四章　进城 / 25

第五章　城里人 / 34

第六章　死者与生者 / 40

第七章　尊严 / 55

第八章　一本漫画 / 66

第九章　自卑 / 75

第十章　臭 / 82

第十一章　洗澡 / 87

过往

第十二章　陆婉卿 / 97

第十三章　亲爹 / 126

第十四章　师父查尔斯 / 145

第十五章　师父曹大壮 / 171

第十六章　熟人 / 176

第十七章　关于儿子超越老子这件事 / 184

第十八章　张燕出马 / 197

第十九章　落幕 / 210

第二十章　回到竹林 / 222

第一章

在竹林中

弯弯曲曲的泥路划开了乡间的土地,蔓延到竹林的尽头。一间土坯房立在离路边不远的土坡上。天色已晚,天空是浓厚的蓝色,周边的小树林也泛着一层蓝黑色。房前院坝上支着一张四方桌,上面放着几道家常菜。一个吊着的明亮灯泡是这附近唯一的光。几只飞蛾在灯旁翻飞,投影到地上是夸张的妖魔鬼怪。

桌边放着三条长凳,分别坐了三个人。正中间是一个中年农民,平头长脸尖下巴,耳朵上夹了一根香烟,一双挺大的眼睛,眼神中不时露出迷茫的神色。左边是一个中年农妇,头上包着花花绿绿的头巾,身穿一件桃红色的化纤呢子大衣,袖口套着一对脏兮兮的袖套。她短发,圆脸,细眼睛,深眼窝,头上只有一点儿白发，戴一对小小的金耳环。右边是一个老年妇人，看不清打扮。她全身都裹在阴影里，只有一双眼睛不时闪出点儿寒光。他们安静地吃着饭，老妇人不时扫一眼中年农妇。

"张燕，走。"老妇人突然开口道。

张燕瞥了老妇人一眼，继续夹菜，又吃了好几口之后，瞟了老妇人一眼，慢慢地说道："不去。"

"去看看，去二十里外李家湾找李先生看看你下面。"老妇人不依不饶。

张燕夹了一筷子猪头肉，说："这个可以。"

"你同意去了？好！"老妇人很欢喜，接着说道，"李先生是有点儿本事，很多人都被他看好了。"

"我说这个猪头肉做得确实可以。"张燕不急不忙地说。

老妇人眉毛立了起来，深吸一口气，左手用指头抠着碗沿，右手用力把手中的筷子拍在桌子上，瞪大眼睛怒视张燕。

张燕全然不顾，继续吃着菜，看都不看一眼坐在对面的老妇人。

老妇人忍不住破口大骂："张燕！莫以为你读过几本书就了不得！你啊你！你个绝户石女！钱家自从有了你这号人，可真是遭殃了——都三十八岁了，还生不出一男半女。你再不生，我家可就在你身上断了香火了！说！你倒是说，为啥

第一章 在竹林中

你不去看医生,治治你的娇气病?"

张燕只淡淡说了一句:"要看病,不找半仙,去城市大医院看。钱多宝和我一起去,都看一下。之前早就说过的,妈,你忘了?要不然我和钱多宝明天就走?"说罢毫不示弱地盯着老妇人。

"你——张燕!你的意思是你生不出一男半女是因为我家多宝?我告诉你,不可能!我家多宝好得很!张燕你别把屎拉别人脑壳上!"老妇人说罢扭头吐了口浓痰,骂出一句,"呸——你个贱货!"

张燕放下碗筷,愤怒地说道:"王芳你不要太欺负人!上次我就说过,要去医院,我和多宝一起去,都检查检查。这些年来,我试过的偏方还少啊?把辣椒塞进下面暖子宫,水蛭和胎盘绞烂了吃,啥子稀奇古怪的都试过了,只怕根本就不是我张燕的问题!走!多宝,明天就一起走!"说着,她用手拽了一下坐在中间的中年农民。

钱多宝不言,缩着脖子,盯着眼前的饭碗,左手握着饭碗,右手用筷子碾碗底上的一粒粒米饭,身体像被定住了。

王芳把手中的碗使劲往饭桌上一砸,一脚踢开长凳,一屁股在地上,两腿像弹簧一弹一岔,就开始抑扬顿挫地"唱骂":"哎呀——我的老天爷啊!这日子——没法过活啊!多宝他爹,你死得好——死得妙啊!你一蹬腿,留下我和钱多宝这孤儿寡母——被儿媳妇欺负惨啊！家家户户媳妇生子如落崽，一下子生——好几个啊！可我家这瘟媳妇儿——是个闷炮啊！她光听雷声——不见落雨啊！他爹啊，都是我不好啊！挑媳妇我是猪油蒙了心——是瞎了眼啊！钱家的血脉就要断了！"

钱多宝伸手去拉他妈，把王芳拉得屁股离地几厘米，像一个秋千一样在地面上荡了几下。

但王芳趁势又把屁股往地上一蹾，继续骂道："这媳妇就像面团——不打不行啊。多宝？"王芳号啕的间隙把头像拨浪鼓一样左转右转寻找钱多宝，然后对准他接着说，"多宝你可听好了，你得给我好好揉打张燕才行，等打顺了，也就好使了！天下哪有媳妇不打的道理？我不也是被打过来的吗？就是你太软弱了，才让这女娃子蹬鼻子上脸，居然敢怀疑是你的身体有毛病！"她转头又对着张燕吼道，"张燕你不要血口喷人！"

王芳和钱多宝就这么在院坝里面拉扯着，王芳用力号叫，多宝使劲安慰，也不知道他们是不是做戏给某个冥冥之中的存在看，一个负了责任，一个尽了孝道。

张燕无奈，这事当然不是头一回了，这婆婆一抓住机会就开始闹，再早几年摔锅砸瓢的事也干了不少，还与自己干过几仗。这几年她逐渐老了，只能借机闹一下，且由她去吧。

第一章 在竹林中

多宝也是,太软弱!要么就上医院一起看看去,一下子就有了一个交代。可他对他娘言听计从,被箍得死死的,只知道当乖儿子听话。他娘不让多宝去医院,说到底,不就是怕查出来是多宝的毛病吗?唉,她还能如何呢,生活就这么抻着过呗。

院里面的拉扯还在继续,张燕开始收拾碗筷。今天的猪头肉可惜了,张燕想着,好不容易吃顿好的,肉和心情都被糟蹋了。

第二天,张燕起了一个大早,从土屋出去,顺路往小镇方向走。每次心里不舒服,她都要去走一圈。虽说这种事时常发生,但还是挺影响心情的。出去走走,至少可以远离王芳和她的宝贝儿子一小会儿,眼不见心不烦。

天几乎还是黑的,张燕顺着小路走,周围没有什么人。天和土地是两种黑,可是两种黑之间又有一条线把它们隔开。向远处望去,可以看见竹林的剪影,影影绰绰像拙劣的儿童涂鸦。此时世界很安静,只有眼前的路和自己有关,张燕什么都没想,深一脚、浅一脚踩在凹凸不平的土路上。

"嘿!张燕!张燕!"

突然旁边传来声音,张燕向阴影看去,一个人影站在那里。这人朝张燕走来,手上提溜着一个瓶子。张燕逐渐看清,他是村里游手好闲的流氓李乾坤。他走到张燕面前停住,身

过往

上难闻的酒臭味飘过来。他下巴一扬,对张燕说:"这么晚了,你干啥去?"

张燕回他:"我散散心,咋了?"

李乾坤不说话,突然一把抓住张燕的胳膊,然后拉着她往黑色的竹林里面走去,边走边说:"燕姊姊,莫发声,给你看个宝贝。"

张燕有些惊讶,没有太反应过来,便由他拉着走了。

李乾坤一边拉她,一边口中喃喃道:"这东西真的好,特别好,很好。"

等张燕回过神的时候,她已经到了竹林深处。她一想不对,双脚使劲踩进堆积的竹叶里扎住,大声问李乾坤到底有什么东西要在这里看。

李乾坤突然转身,双脚一勾,用力一推,把张燕推倒在竹林的落叶堆上面,然后一下子骑在张燕身上,双手按住她的肩膀,说:

"别着急,这就给你看。"

张燕急得很,她大喊:"救命啊!救……"

李乾坤一拳头砸在她的左眼上,打断了她的呼救,然后拳头像雨点儿般落下。张燕被打中第一拳的时候才知道这不是和婆婆掐架时的推搡,她眼前先是一黑,然后全身的挣扎,以及思考都被定住了,之后才感觉到皮肉的疼痛。

第一章 在竹林中

李乾坤问张燕："还叫不叫？你要是接着叫，我就接着打！"接着做了个鬼脸，吐一下舌头，哈出一股令人作呕的酒气，"嘿嘿，你看，我要给你看的宝贝就是这个！"然后用手把自己裤子拨下来……张燕已经不敢挣扎叫喊，眼泪含在眼眶里，不敢流下来。李乾坤抓住张燕的裤子，使劲往后一拉。

李乾坤看着张燕的身体，张燕脑子麻麻的，突然发生的一切，吓得她无法思考，唤醒她的是下身的剧痛。

张燕终于控住不住泪水，这泪水里面混杂了太多东西，巨大的屈辱感淹没了她，在村里被人强奸了，她以后如何见人？肉体被撕裂的疼痛感直接刺激着她的泪腺，让她不受控制地分泌着泪水。她立即想到了钱多宝——她懦弱的老公。她真希望钱多宝突然出现在这里，赶走眼前这个男人，不需要动手打人，只要赶走他就好。她感觉自己对不起钱多宝，没能给钱多宝生下一男半女，却没了清白。钱多宝以后一定会被村里人嘲笑，他一定像自己一样不敢反抗，默默承受。她甚至开始后悔自责，反问自己为什么要走到这里来？为什么不在路上立马反抗？为什么要出来散心？为什么要和婆婆吵架？为什么生不出小孩？难道真的是自己的问题？难道这些都是自己的问题？如果是因为自己的身体原因生不出小孩，那么这难道是老天爷降下的惩罚？到最后，她只觉得这一切

过往

为什么这么漫长，她想逃离这里，逃到一个没有人的地方。她想藏进被窝，哭一晚上，谁也别来打扰，甚至干脆就让自己永远消失吧。

多年以后，张燕回忆这件事，前面这些都像逐渐模糊却总也洗不掉的淡淡的污渍。可是一种她当时没想到的东西就此扎根，长进她的生命里，像树上的藤蔓从此缠绵到树的生命里。

在失去刻度的时间的尽头，张燕终于感受到静止。她想好了，这一切终于还是结束了。

终于，她哭了出来。她的面目完全扭曲了，眼泪却不怎么流了，嘴巴张得大大的，却只能发出微小的声音。细细柔柔的声音穿不透密林，只在这里萦绕。她一拳一拳使劲砸在地上，却感受不到实在的触感——竹林下的叶子太软了。

此时天蒙蒙亮，清风吹过竹林，发出沙沙的声音。

第二章

婆婆的反应

钱多宝早上醒来看到张燕已经走了,便翻了一个身起床了。大概张燕又是出去散心了吧。钱多宝去上厕所,看到母亲王芳竟然也起来了。王芳在她房间的深处阴影里背对着门念佛经。钱多宝在门外隐约可闻到佛香燃烧的味道,他稍微有点儿好奇,一般这个时候母亲都不会起床,没事也不会点香。不过他也没细想,起身去热饭,煮早上的茶水。他一个人忙碌着。把一切都弄好之后,他看到院坝口站了一个人,定睛一看,是老婆张燕。她身上还是昨天的衣服,眼睛红红的,脸上却毫无表情。

张燕没有进门,就在院门口这么看着。钱多宝感觉有点儿奇怪,走过来,站在张燕前面。仔细看去,她衣服有点儿

过往

不整齐，头发也是乱的，裤带上插了半根竹叶。看她的表情，明显是哭过。可张燕是这附近有名的大脾气悍妇，谁敢招惹她呢？发生了什么呢？钱多宝双手握住张燕的肩膀，眼睛瞪得大大的，问道：

"你咋了？谁欺负你了？"

张燕不回应，眼睛斜着看向一边。

钱多宝轻轻拉着张燕走过院子，坐到长凳上，关切地盯着张燕。他此时也有点儿莫名的紧张，说道："你别急，有我在，我去给你倒杯茶。你先缓缓，慢慢说。"然后起身进屋端了一杯茶出来，递给张燕。

张燕木然地接过茶，端着茶杯，依然不说话。

钱多宝看到她嘴唇也是苍白的。想开口问，可又不知道怎么开口，就呆呆地看着张燕。

张燕心想，这件事肯定最终也瞒不住。她等了好一会儿，憋足了力气，抬起头，结结巴巴地说："我……我被人……我……"

钱多宝一惊，结结巴巴地说："是……是被人……那啥了？"

张燕迟缓地点了下头，然后把头埋到双手中。

钱多宝一惊，手一抖打翻了茶杯。茶杯掉在地上，摔裂了一个口子之后慢慢地滚远了。张燕抬起头看钱多宝，他此

第二章 婆婆的反应

时一脸震惊。钱多宝结结巴巴地说：

"是……是强奸？"

张燕痛苦地闭上眼睛，又点了点头。片刻，当她睁开眼的时候，看到钱多宝神色的变化，从震惊变得愤怒。

钱多宝鼻孔像牛一样大张，眼睛瞪大，牙齿咬在一起："谁？"

张燕更加痛苦，眼泪又涌出来了。

钱多宝见张燕不答，扭头抄起一把锄头，对着张燕说："你说！你说！是谁？不管他是谁，我对准他的头就是一锄头下去！大不了吃枪子！老子陪他一起玩完。"

张燕痛苦地摇摇头，她太熟悉丈夫钱多宝了，知道他只是一时怒火涌上来，显得很有勇气，但是其实永远是一个在母亲庇护下的小孩。同时不知道为什么，作为别人口中的悍妇，从不吃亏从不认输的她，此刻却期待看到心疼关怀的神色。可惜她仔细翻找了钱多宝的五官，并没有发现这个，只找到被教育出来的、必须展示的、机械的愤怒。最终她还是开口说：

"李乾坤，是李乾坤干的。"

钱多宝果然愣住了，这个名字对他来说意味着童年的耻辱和成人的无奈。小时候钱多宝经常被人欺负，其中欺负他最狠的就是李乾坤。那是多么顽劣又可憎的小孩啊，把他的头按在水塘里，让他至今对深深的幽绿的水潭有恐惧；把他

过往

抓到荒野里，待到晚上，不让他回家；他稍微反抗，就纠结几十个小孩把他围在无人的地方肆意侮辱。等长大之后，儿时的小伙伴们又齐刷刷忘了这些事，似乎一直都和睦极了。李乾坤嚣张跋扈到现在。而他呢，面对同一个村子的李乾坤等人，表现得特别温顺奉承，只希望他们不要欺负自己。到后来，年龄逐渐变大，似乎所有人也都真的完全忘记了这些事，大家变成了点头之交的同村人。钱多宝心头五味杂陈。

这个时候从屋子里传来王芳的声音："你们两个咋了？一大早吵啥？"王芳接着说，"多宝，你来我屋子。"

钱多宝看看王芳，又望向屋子，最终把手头的锄头倚着墙慢慢放好，之后悄无声息地进房间了。

"啥？"屋子里传来尖利的一声惊叫，接着王芳在里面吼了一声，"张燕你进来！"

张燕往里面走，刚进门，差点儿撞上往外冲的婆婆。张燕看见王芳似乎很生气的样子，她以为王芳是在为自己的遭遇感到愤怒，心中竟涌起一种被这个野蛮封建的婆婆所理解的感动，差点儿想抱住王芳一起痛哭。但是王芳劈头盖脸甩出一句："贱货！你为啥要偷人？"

张燕整个人都愣住了。还没等她回过神，脸上突然一痛，被王芳打了一耳光。王芳很用力，张燕整个脸都被打得朝向一边。疼痛很快消散，被打的地方变得麻而痒，她的整个脸

第二章　婆婆的反应

都红了。

王芳骂道:"之前我还以为你只是生不出娃,农活倒也干得挺利索,没想到你居然在外面偷人。"

张燕反应过来,拉着钱多宝的胳膊说:"难道你没告诉妈,我是被……被……被强……被侮辱的?"

钱多宝尚未回答,王芳就喊道:"把手给我拿开!"她用手使劲拍落张燕拉着钱多宝的手,"当然!当然他说了!哪个女人不是偷完汉子就说自己被强迫的?"

王芳上下嘴皮子抖个不停,一直在说话:"你听好,我问一句,你回答一句,不要多嘴,听清了?你啥时候被侮辱的?就今天早上刚才?在啥地方被侮辱的?哪个竹林?我问你,你为啥要去那个竹林?被李乾坤拖进去的?从小路上拖的?你喊人了吗?在小路上喊,应该会有人听到啊。你没喊?那为啥你不喊?到了竹林也没喊?奇怪啊,别人强奸都拼命挣扎——你咋不挣扎呢?还有,大清早不等老公起床,你一个人离家想干吗去?去小镇逛逛?你要逛啥?为啥突然一大早就非要一个人去逛?怎么?心慌了?说不出来话了?"

张燕此时头很晕,早上没吃饭,全身没力气,下半身还在痛,又被婆婆打了一巴掌,骂了半天,此时她心神涣散,根本没法与婆婆争论。

王芳毫不犹疑地给出了一个定性结论:"为啥不是别人

被搞，而是你被搞，你想过这个问题没有？我看问题还是出在你自己身上！"

听到这儿，张燕气得情绪失控，语无伦次地大喊："怎么……怎么全部是我的问题？我是被强奸了啊！我是被李乾坤强奸了啊！难道是我的错，难道都是我的错？难道不是挨千刀的李乾坤犯了错？你们为什么要骂我？为什么要打我？"之后张燕开始号啕大哭，最后拖着哭腔说，"我今天还没被打够吗？"

钱多宝走向张燕，用一只手拉住她的手。

王芳瞪着钱多宝叫了一声："多宝！"

钱多宝犹豫了一下，不理会，又用另外一只手拉住张燕的手。

王芳怒吼一声："钱多宝！你给我跪下！"

钱多宝转头对王芳轻声说道："妈……妈！别说了，别再说了。张燕哭了！"说着，用手指抹了一下眼泪。

王芳大吼："钱多宝你别忘了，你从小死了爹，是谁把你一把屎一把尿拉扯大？你敢不孝？你给我跪下！"

钱多宝缓缓跪下了，巨大的身体缩成一坨。

张燕在地上哭得死去活来，几乎要晕过去。

"这件事，不准报警！听见没？"王芳说罢，转过头对着钱多宝，"你看着张燕。这件事不准她去报警。家有这样

第二章 婆婆的反应

的媳妇，实在是羞死个人啊，咋还有脸去报警。报了警，整个村都晓得了，你以后就抬不起头了，晓得不？"王芳看着跪在地上唯唯诺诺的儿子，点点头又加重语气说，"李乾坤也在这个村里，你要是报了警，以后的日子就很麻烦了。你忘了上次你惹到他之后发生的事情吗？"

钱多宝知道母亲指的是什么事情。一次在镇上喝酒，李乾坤讲起了小时候钱多宝的事情当作酒桌上的笑料，钱多宝一开始还强行忍耐，后面讲到他被他们逼着喝尿的事情，他忍不住愤怒地呸了一口走了。事后有人告诉钱多宝，李乾坤觉得他坏了酒桌上的气氛，要整治他。钱多宝因此很害怕，每天心惊胆战的，还病了一场。事后他去给李乾坤送了烟和酒，差不多摆平了这件事，即使李乾坤只是放出话，实际上什么也没做。钱多宝实在是被李乾坤整怕了。

张燕早上起床就没吃饭，遭遇如此重大痛苦折磨，好不容易撑回家里，又迎来这么大的打击，只听到不让报警就晕了过去。

王芳让钱多宝把张燕抬到床上去，然后拉着钱多宝走到院坝的另一头。没等她开口，钱多宝开口就说："妈，你这是做啥？为啥骂我老婆？"说完愤愤地蹲下，头撇到一边。

"儿子，其实你们在门口时我就听到了。是李乾坤欺负了张燕。我听你一说，看她神色就晓得了。"王芳说道。

过往

钱多宝把头扭过来对着王芳说:"妈!那你为什么还要骂她?"

王芳闭着眼睛摇摇头,说:"你还是不晓事啊。"说完她睁开眼睛接着说,"这样,你马上去镇上找大夫,叫他来家里给张燕看看。跑快点儿,多少钱都给。"钱多宝不理解,正准备发问,王芳又开口道:"莫问,赶紧找大夫。"

钱多宝咽了一口唾沫,说:"妈,是找半仙还是……"

王芳眉头一皱,用手拽住钱多宝的耳朵,说:"医生!医生!懂不懂?大夫!看妇科的医生!不是啥半仙。"说罢,她一脚踢在钱多宝屁股上,把他蹬出了院子,末了小声补上一句,"你赶紧去,闭上嘴啥都别说,只说是你太狠了,老婆口吐白沫,这会儿就要不行了。"

钱多宝一溜儿烟跑了。

王芳回到屋子里,先站在门口看了张燕一眼,发现她双眼紧闭,眉头紧锁,嘴里似乎在念叨什么。王芳轻轻走进屋子,把被子给张燕盖好,塞好身边的缝隙,又把枕头给她垫了垫。她给张燕脱下了染血的裤子,换上了干净的。做完这些后,她悄无声息地走出屋子,把旧裤子放到箱子里藏好。看到昨天的猪头肉,想了想,去倒出点儿精米到灶上,把粥煮上。她又忍不住到门口看她的儿媳妇。这时候张燕已经陷入半昏半睡的状态。王芳看到之后走了过去,看见张燕满脸的汗水。

第二章 婆婆的反应

王芳知道,这是一早上没吃饭折腾到现在的后果。王芳看见张燕的手支出来了,给她塞了回去。王芳低头轻轻叹了一口气,搬了一个凳子坐到张燕屋子的门口,脸色严肃,也不知道在想什么。

听响动,儿子把医生找回来了。

王芳起身,犹豫了一下,先去厨房盛出了粥。这个时候钱多宝领着医生进了家门,急匆匆往屋子里面走。王芳出来的时候刚好看到钱多宝正要进房间,她一把拽住钱多宝,说:"你别进去,就在门口看着。"然后转头对医生说,"麻烦了,我家媳妇吃不消我儿子,请你给看看。"随后医生进去看病人。王芳对儿子说:"刚才帮你煮了粥。你等医生出来,啥也莫管莫问,就去你老婆床前坐着,等她好一点儿就喂她粥喝。"钱多宝答应了。

过了一会儿,医生检查后走出了房间。王芳先让钱多宝去盛一碗粥,然后拉着医生说:"走,这边说。"医生有点儿奇怪,但还是跟着王芳走过了院坝,到远远的另一头。医生说:"阴道撕了一个口子,不过不大,基本可以自愈。要防止感染,吃点儿消炎药。"然后他接着说,"我给你写个单子,你去镇上药房取药。应该怎么吃,我也给你写上。"随后,医生写了一张单子,上面的字写得龙飞凤舞的。

王芳接过单子,问了一句:"你看这次有没有可能怀上?

过往

医生脸上稍微有点儿异样的神色，回头看了屋子里一眼，嘟囔了一句"不知道，不相干"便独自走了。

王芳手里攥着单子，站在院子里。此时突然起了一阵狂风，单薄的纸片在王芳手里噼啪作响。

第三章

传宗接代

张燕醒来的时候，看到钱多宝在自己旁边。她正要说什么，才把手举起来就感到一阵眩晕。钱多宝对她说："别动，喝点儿粥。"张燕感到一种终于可以喘口气的平静。她把粥喝了，然后又沉沉睡去。

最开始几天，张燕醒着的时候，头脑都是完全空白的，什么也想不起来，什么也不知道。她每次醒来，都只想再沉沉睡去，并且暗自祈祷不要再醒来了。随后的日子，她逐渐恢复了精神，并且开始下地干活，被生活强迫着在一呼一吸间细致地品味痛苦。她的痛苦酿成愤懑又炼成仇恨，在它心中萦绕纠缠，最后像熔化的铁水凝固，压在她的心上。首先涌上心头的是对李乾坤铭心刻骨的恨意。她恨李乾坤，是李

过往

乾坤毁了她的身体、下半辈子和整个生命。她怀疑自己此生都无法忘记被强奸时的感受。她恨王芳这个可恨的婆婆,在她被伤害的第一时间不是保护她、安慰她,而是接着伤害她。她开始揣测王芳的意图,想到之前的吵架,她明白了:王芳不让她报警,还一直骂她,是想通过这样的方式给她立威,想让她从此乖乖听话,再接着去找这个半仙或者那个半仙,让她给钱家传宗接代。因此,她把整件事所有的罪责都推给她,也不听她的解释。除此之外,张燕想不到别的解释。这个王芳坏透了!她简直就是这片土地上长出的一个恶性肿瘤!之后张燕每次看到婆婆,都怒视着她,心中在用最恶毒的语言咒骂她。

王芳却对此视而不见,反倒不怎么闹腾了。她独自去扫墓,跪在钱多宝他爹的坟墓前,双手合十,不停地小声念叨:"多宝他爹啊,能做的,我都做了,听天由命吧……听天由命吧。无论哪个,你在下面都可以安心了……反正,你就安心吧。有一天,我也会进祖坟,我也能进祖坟了。"

张燕发现自己月经没来,她当然知道这意味着什么。这意味着她怀上了强奸犯李乾坤的孩子。

张燕找到钱多宝,告诉了他这件事。钱多宝转头就告诉了他娘王芳。王芳听到这个消息,口中喃喃道:"这样啊……"脸上也说不清是什么表情。

第三章 传宗接代

她当天晚些时候找到张燕和钱多宝，一开口就甩下一句话：

"把这娃娃生下来。"

"不生。"

"好好的娃娃为啥不要？"

"这是李乾坤的种，为啥要留？"

"你不到处讲，哪个晓得是谁的种？"

"难道村里的人都是傻子，这么多年没生，突然生一个？你儿子钱多宝这么有能耐？"

"你这是啥意思？你的意思是多宝生不了？"

"我今天就把话挑明了，就是你家钱多宝身体有毛病生不了，否则这么多年都没有，别人来一下子就怀上了？生下来做鉴定，要不是钱多宝的种，我立马带着小孩跳河死！王芳你敢不敢？"

王芳愣了一下，然后缓和了口气，接着说："好好好，你嘴巴厉害。就算是多宝的毛病，我们钱家也需要传宗接代啊！"

"你们钱家传宗接代，跟我有啥关系？你这么想生，你咋不帮你儿子生一个？我看王芳你老当益壮啊。"

"你！你这说的是啥子话？"

"我咋了，不是你想生的吗？那你就去生啊，也没哪个

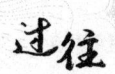

拦着你。"

"我和多宝是母子！"

"我没说你们不是母子啊，母子也可以生啊。按照你自己的说法你不到处讲，哪个晓得是谁的种。你们悄悄生一个，哪个晓得老汉是谁。"

钱多宝很生气，涨红了脸，憋出一句："你咋这么和我妈说话？"

张燕轻飘飘地说："王芳是你妈，又不是我妈，我和你妈这么说话咋了？我就这么一个女人，咋了？我是偷汉子的贱人，是你们钱家不要的、生不了小孩的女人。不是想搞死我吗？来啊！"说完，眉毛上挑，一脸不在乎，开始抠自己的手指。

王芳青着脸说道："你是我钱家的媳妇，就得给钱家传宗接代！媳妇就是面团，不打不行，你看村里哪个媳妇不挨打？打你，是为了你好！"

张燕爆发出一阵大笑，然后说道："咦——奇怪了，还有这种为我好的。那老子这下也是为你好——"说话间，抬手就是一耳光，打在王芳脸上。

王芳没反应过来，捂着脸蹲了下去。这一记耳光打得很重，让衰老的王芳天旋地转。

钱多宝站起来，用力推了张燕一把，朝她喊道："你这是干啥！为啥打我妈？"

第三章 传宗接代

张燕只是一笑,说道:"还她那一巴掌。"

钱多宝伸出手,一巴掌打在张燕脸上,把张燕打愣住了,这个懦弱的老公居然敢打她。钱多宝打了一巴掌之后又显得有点气馁,断断续续地说:"无……无论如何不能打我妈!她……她……辛苦一辈子,把我养大……很多辛苦你都不晓得!你都不晓得……不晓得……"说到后面,已经有点儿哽咽。

张燕用尽最大力气怒吼道:"我不知道?我倒要问问你,被人强奸的感受,你知道不知道?我一辈子的名声毁了,你知道不知道?我一个人穿好衣服走了好久才回到家,马上就要晕倒了,你妈上来就是一个耳光,我当时心里有多恨,你知道不知道?现在倒好,你们打也打够了,骂也骂够了,又想求我把小孩生下来?你们做美梦!"她一口气说了这么多,换一口气,立马接着说道,"我告诉你,钱多宝,还有王芳,你也听着,这个小孩,我肯定是不会生的。你王芳想传宗接代,就去找李乾坤吧,告诉他买一送一,因为钱多宝这个废物生不了小孩,你们钱家要开始买一送一了!哈哈哈哈……"说到最后,有点儿癫狂地放声大笑。

钱多宝气得牙痒痒,正要和张燕理论,却看见他妈已经倒在地上口吐白沫疯狂点头了。

张燕此时拍手大笑道:"老不死的妖婆又开始作法了,上次坐在地上两腿蹬没蹬过瘾,这次开始口吐白沫装神仙附

过往

体了？"

钱多宝本来就不擅长言辞，也没见过这种场面，慌乱地说着："你少说两句行不行，我妈都这样了……妈，你这是咋了？要不要上医院看看？还是我去找大夫回来？怎么办……应该怎么办……"

张燕看着六神无主急得满地打转的钱多宝，心中充满了报复的快感，在一边嘲弄地说："要不请上次那个妇产科大夫来看看吧？说不定你妈这是要生了。要不然去找七十里外李家湾那个李先生来？让他慢慢过来开个偏方试试，我看偏方一定行。不过你妈这像是鬼神上身了，说不定半仙跳大神更有用……七十里……唔……不怕不怕……慢慢走过来，不要紧……"说着说着，残忍的愉悦和痛苦同时在内心交织起来，她心情激荡不能自制，脸上的表情也愈发狂乱地扭曲。

钱多宝此时稍微冷静下来，他用一根筷子卡住王芳的嘴巴，免得她咬到自己的舌头。事不宜迟，得赶紧送到医生那里。他转头对张燕说："她毕竟是我妈！你走开！"然后跑出院子大声叫人。

张燕看着地上抽搐的王芳："传宗接代，传宗接代……"

第四章

进城

王芳偏瘫了。她醒过来之后半边身子都动不了，躺在床上由钱多宝照顾。躺在床上的王芳看着更瘦小了，几乎看不出躺了一个人，倒像是几件衣服摆出了一个人形，衣服里面是又黑又瘦又干的身体，像烧过的树枝一样。钱多宝虽然尽力在照顾她，但是他太笨拙，总是把事情弄糟，不是把汤洒了，就是搞不清王芳到底要什么。王芳的意识时而清醒，时而模糊，村里的老人们都说，这样子看上去是活不了多久了。

一天，王芳精神格外好，让钱多宝把张燕叫到床头来，张燕不来。王芳又让钱多宝告诉张燕，这可能就是最后一次了，张燕极不情愿地来了。

王芳把钱多宝支开之后，慢慢地说道："张燕，我王芳和你闹也闹过了，打也打过了。我现在说句话都很费神，怕是没时日了。我今天给你讲个事。"

王芳开始讲一个农村妇女的故事。

"我嫁到熊家坪这里有很多年了。我年轻的时候很漂亮，远近都知道王家……"

"所以呢？"张燕打断了她。

"好，我不说废话了。我确实也不该说。"王芳顿了一下，接着说，"我嫁到钱家，有几年没生小孩，公公婆婆天天骂我打我，冷眼盯着我。我寻死觅活的，好几次差点儿死成了，后来生下钱多宝才好些。没过多久，婆婆死了。再后来，多宝他爹也死了。多宝他爹……算了，没事。我就开始养活钱多宝——好累啊！我才晓得当家是咋回事。没了他们，我一个人带大钱多宝……吃了很多苦，也受尽了别人的白眼，村里没有哪个会可怜我们孤儿寡母，就多分我们一口饭吃。"

张燕面无表情。

王芳接着对着张燕说："说这些不是诉苦，是想告诉你，我全力养活钱多宝长大成人，没有办法，只能扛起这个家。也就是这时候，我发觉多宝不是一个好男人。唉，我也不晓得咋回事。"她叹口气，接着斩钉截铁地说，"他从小就一点儿都不像个男子汉！"

张燕问："啥叫男子汉？打老婆就是男子汉？"

第四章　进城

王芳说："我也是被打过来的！"

张燕说："那我就告诉我儿子，他永远不准打女人！"

王芳愣住了，过了一小会儿才迟缓地说："反正，多宝是个老实人，但成不了一家之主。无论你多恨我，你的日子还要和多宝过下去，是不是？"

这句话让张燕愣了一下。

王芳接着说道："钱多宝成不了事，怪我。可我也没有办法啊。我们光活下来就吃了多少苦啊，凭啥还挑三拣四呢？"说罢，她停顿了一下，接着说，"你的事情，也怪我。我今天跟你说一句，张燕——我对不起你。但是我一直没来得及解释。李乾坤在村里作威作福，嚣张得很，还不是因为他那个当村支书的爹？虽然他家人不多，但是在熊家坪，他爹就是天啊！你不懂啊。你觉得平时李家看着也没啥，屋子不是最好的，吵架也不是最凶的，平时看起来还笑嘻嘻的。你是没吃过他家的亏！他们表面笑呵呵，要整人，都是背着人往死了整！其实，唉，其实他家和多宝他爹的死也有点儿关系，这些——我都没法说啊。"

张燕听着。

"我晓得你恨我。那天你们两个在门口说的话我都听到了。我活了这么多年，看得多了。在咱们这儿，报警有啥用？电视演的都是一天、一个月，在熊家坪活着是一辈子啊。还有，

过往

一报警，李乾坤他家肯定要报复。我没几天了，你们又没有小孩。等你们老了，你们怎么对付李乾坤他们家？在农村最不缺的就是时间，你是现在痛快了，可未来呢？我知道你很痛苦很气愤，但是我活了这么多年，看了无数例子，你想想看，李乾坤只强奸了你吗，为啥他从小坏到今天，没人能治了？"

张燕问："那你就能打我吗？"

"是我错了。"王芳说完这句话，喘着粗气。

张燕本来还有更多反问，倒是被王芳这句话噎住了。

王芳接着说："是我错了，我不该打你，但是当时我不拦着你，你肯定闹着去报警了，钱多宝说不定还要上门去打架，结果只会更惨！我知道这不对，我也知道你对我要恨一辈子。我受着没关系，反正我也快死了。只有一句话，这个小孩，你必须生，不为了我和钱家，为了钱多宝。"

张燕沉默了一下，还是准备反驳。可王芳挥挥手示意别再说了，这番话已经极大地消耗了她这些天瘫在床上积蓄的一丁点儿精力。王芳最后有气无力说了一句："不……不着急，你先想着。"她歇口气，接着说，"钱……钱多宝就交给你了，这个家就交给你了。"王芳让她把钱多宝喊进来，准备商量棺材的事情，口中喃喃自语着。张燕见状，也没有再多说什么，走出了屋子。

张燕走出去的时候，最后往王芳那里看了一眼。王芳躺

第四章 进城

在床上，整个身体似乎都藏在阴影里。她的脸、身体、被子、床和屋子里吞噬光线、肆意增长的黑暗，凝固成牢不可分的一整块，都变得影影绰绰的。张燕在回头时才闻到，空气中飘着一股怪味。奇怪，刚才进门怎么没有发觉这股味道？张燕摇摇头，逃离了这个一切都静止了的屋子。

王芳没多久就死了。

她的葬礼办得很简单，李乾坤他爹倒是来了，找了个凳子自顾自坐下，点起了一支烟，用食指和中指夹着烟放在跷起二郎腿的脚踝那里，随后面无表情地四处打量。钱多宝瞪着他喘着粗气。偏偏他看见钱多宝之后，径直走了过来。

他右手一把紧紧握住钱多宝的手，左手也放了上去，说："节哀，节哀。"

钱多宝盯着他说不出话来，咬紧了牙齿。

村支书转头对着张燕问："多宝这是咋了？"

张燕深吸一口气，拍拍钱多宝的肩膀，说："多宝，你去那边招呼一下客人吧。这边我来。"然后轻轻推走了钱多宝。

张燕看着钱多宝走远的背影，转过头对村支书说："多宝累了。"

村支书立马笑了一下，说："理解，理解。"

张燕也没有多说，准备把他拉到一边坐下。他却一把拉住张燕，问："这里有话筒没有？"

过往

张燕说:"有,咋了?"

村支书问了话筒的位置,然后走过去,拿起话筒说:"喂——喂——大家好,我简单说两句。我们村口的井重新修缮的事情,我再次强调一下……"

张燕坐在钱多宝旁边,把手放在他紧紧捏住的拳头上。

村支书就这么喋喋不休,都是些鸡毛蒜皮的事。参加葬礼的村民们都不觉得有什么,都伸长了脖子听,有些人还在交头接耳地讨论。

张燕此刻觉得这个可恨的婆婆居然也有一点儿可悲。

好不容易挨到了王芳的后事办完,稀稀疏疏的人群像吃尽了滴在地上的糖水的蚂蚁一样散去,村支书也在不痛不痒地表达了哀悼之后离开了。

钱多宝好不容易平复了心情,郑重地问张燕:"我妈死之前和你说了啥?"

"没啥。"

"啥叫没啥?"

张燕转过头看着钱多宝说:"我不想说。"

钱多宝无可奈何地说:"好吧。"说完,他鼓起勇气开口道,"还有一件事情……不知道你……"

"什么?"

"那个孩子……"

第四章 进城

"你也想让我生下来？"

钱多宝低着头，像一个犯错的小孩子，挤出一声："嗯。"

看张燕没有反应，钱多宝接着说："我晓得这件事我妈对不起你。其实……我也对不住你。我自己有毛病，生不了小孩。但是，"他忽然提高音量，"但是，我求求你把这个小孩生下来吧。生下来之后，我们就走，去别的地方生活。否则……"

张燕说："否则我们就离婚？"

钱多宝说："离婚？不！不不！我想说，否则我们这辈子都没有小孩了。离婚的事情，我想也不会想的。"说罢，他叹口气，"张燕，如果你想要离开我，如果你想要离开我……"他的声音低下去，突然就哭了出来，跪在地上抱着张燕的腿，脸埋在张燕的膝盖上，呜咽着说，"你当然是想离开我的……我钱多宝是个废物……保护不好我老婆……我小时候就被李乾坤欺负……没想到长大也……我对不起我妈，我更对不起你……如果你想离开，就离开我吧……"说完这些，钱多宝突然不管不顾地在地上给张燕磕起头来，一边磕一边说，"对不起……对不起……对不起……对不起……"

张燕看着地上磕头的钱多宝，深深地叹息了一声，说："你就这么想要一个孩子吗？可是这个孩子是……李乾坤的。"

钱自强抬起头来，怔怔地看着别处说："不要他，我这

过往

辈子就不会有小孩了。我爸临死前告诉我,一定要把香火延续下去……一定要……"他喃喃自语着,忽然转过头看着张燕说,"我们不告诉他真相,把他当作自己的孩子养大,好吗?"说着,眼泪又流了下来。

张燕双目紧闭,睫毛微微颤动。她心里很无奈,还觉得有点儿滑稽。眼前哭泣的男人,懦弱又质朴,不是王芳口中的"能当家的顶天立地的好男人",但那种"好男人"就是一个好丈夫吗?张燕问自己,还要和这个男人过一辈子吗?他有缺点,但是也有优点。离开他,就能找到一个更爱自己的男人吗?最后,张燕仔细回忆了和钱多宝生活在一起的这小半辈子的点点滴滴,这些回忆最终汇聚成了浪涛,冲击着她的脑海。良久之后,她终于说:"好……好吧,把孩子生下来,我和你一起把他养大。"

钱多宝听到这个消息高兴极了,抬起头来,满脸眼泪和鼻涕,却忽然又扯出一个巨大的笑脸说:"谢……我谢谢你……谢谢!我下辈子给你当牛做马报答你。"钱多宝就是这样,悲伤和快乐无法组织到一起,成为一种复合的情感。对他来说,快乐就是咧嘴大笑,悲伤就是号啕大哭。

张燕知道,从此之后,她不仅仅是钱多宝的妻子,而且成了钱多宝的母亲,又是肚子里强奸犯的孩子的母亲,还是这个家的顶梁柱。她说:"还有一件事情,这个孩子的名字……"

第四章　进城

钱多宝站起来，低着头说："你起。"

张燕说："就叫……就叫钱自强吧。"

钱多宝正在咂摸这个名字，张燕接着说："我们准备好搬家吧。去省城。"停顿一下接着说，"多宝？"

钱多宝说："你说，我听着。"

张燕说："以后我们要好好赚钱，给钱自强一个未来。还有，你也要勇敢一点儿，当一个顶天立地的男子汉！"

钱多宝看着张燕，很用力地点了点头。不知为何，他听到"男子汉"这个词，感到心胸中有一股不平之气在翻涌沸腾，他算是男子汉吗？

张燕去买了票，带着钱多宝一起坐大巴离开了熊家坪，去了省会。刚坐上车，张燕和钱多宝看着窗外的风景一点点变化，心里都有说不出的感觉。他们在车上聊起了未来的计划。没多久，钱多宝觉得晕晕乎乎的，就沉沉睡去了。张燕却心事重重，一路上都在盘算，家里面带出来的全部家当，应该怎么花销，她和钱多宝可以找什么工作。下车的时候，天在下雨。灰黑的云层在天上狰狞地翻滚，雨水打湿了地面。张燕和钱多宝都没打伞，消失在城市的血管里，变成一个看不见的黑点。

过往

第五章

城里人

　　刚进城的那几天，他们忙乎得够呛，马不停蹄地去找最便宜的房子，找用汗水换钱的工作。最后他们在城中村安了家。钱多宝当建筑工人，业余时间还接一些散活儿，包括给几家城中村附近的烧烤店跑腿，给烟酒店送货，从菜市场拉食材，以及干各式各样的搬运的活儿，基本都是些体力活。张燕在小作坊里面帮别人折纸箱子，按件领工钱。他们俩的工作都是张燕张罗的，对于她自己的工作，她给出了不可置疑的理由：坐班、时间灵活。

　　忙完这些之后，钱多宝和张燕不经意间下意识地观察了一下这座城市，他们之前也因为办事来过这里，但是没有生活过。这次来这里生活，第一感觉就是吵闹。道路上的汽车

第五章 城里人

不停鸣笛,和农村平日里简单悠扬的声音不一样,让人像是走进一场没有尽头的赶集中。

再往后,钱多宝和张燕的关注点就不一样了。

钱多宝时常对地面感兴趣。住处附近是砖头铺的地面,长年累月磨损很严重,很多砖头已经凹凸不平,甚至翻了起来,露出下面的泥巴。下雨天,雨水渗进去变成泥浆,一些松动的砖头,人踩上去会往外冒泥水。而城市里面一些漂亮大街是沥青地面,下雨天一点积水都见不到。咦,积水哪里去了?如果用这个材料铺在老家院坝里头的话……

张燕则对街边各种各样的店铺感兴趣。装着玻璃橱窗的服装店、看不见散装茶叶的高档茶叶店、整洁明亮的饭店,这些都是在老家看不到的。她在盘算,如果有一天她老了,回到熊家坪附近的镇上,能不能带一门手艺回去。为此,张燕有的时候会在店门口左瞧瞧右瞧瞧,试图搞清楚这些店到底是怎么做的。有个店员来吆喝她走,两人言语不善就在大街上骂起来。张燕把城市街头当作农村田间,站在马路中间把腰一叉,一半普通话一半土话破口大骂,普通话伐人,土话攻心,声音比汽车喇叭还高几度,把整条街都堵死了。带妆的店员被骂得梨花带雨,连生意也做不成了。姗姗来迟的店长准备报警,张燕看事情不妙,拔腿就溜了。往后,店员看到她都烦恼不已却又无可奈何,张燕却丝毫不以为意,继

过往

续在街头溜达。后来张燕跟钱多宝说这件事的时候，神色不无得意："城里人又怎么样？哼！"

钱多宝暗暗想着，自己一定要努力工作，多赚钱，把老婆孩子养好。他给自己定下的第一个具体目标就是让老婆早日躺下，安心养胎。钱多宝确实不太聪明，不过他干的活儿暂时还不太需要脑子，现在主要还是需要汗水。使劲一点儿，勤快一点儿，才是最重要的。送了几天货之后，钱多宝最主要的问题变成了如果找不到地址，在电话里和客人沟通时有些结结巴巴的，他"烫嘴"又词不达意的普通话经常把客人弄得不耐烦。

一天，他回家之后坐在吱吱嘎嘎的床上半晌没说话。张燕问他怎么了，他操起普通话说了一句："城里头不兴说农村土话嘞。"

张燕听他用普通话说出这句充满乡下味道的句子忍不住笑了一下，又追问细节。

钱多宝继续用普通话说："今天一个熟客打电话到烟酒店里订了几瓶酒，刚好我在附近，烟酒店老板就喊我送一下。地址是那个城南的别墅区。结果我哼哧哼哧赶到小区门口，看到有军人站岗。"

张燕打断道："军人？你没看错？是穿得像军人的保安吧？"

第五章 城里人

钱多宝没吭声,用手捏着床沿,低头想了一小会儿才继续说:"我就在旁边停了车,拿好酒从边上走到军人旁边,先朝他敬礼,然后跟他说,军官你好,请问B区一十六栋在哪?"

说到这儿,钱多宝忍不住说道:"张燕,你认识英语吗?一竖两个圈,你知道怎么读吗?"说着,他用手指在墙上划了 ABCD 四个字母,接着说,"我刚开始送的时候看不懂英文字母,就有人教了我这四个。"他又划了一个 A,"这个是'爱'。"划了一个 B,"这个是'毕'。"划了一个 C,"这个是'色'。"划了一个 D,"这个是'弟'。"他笑着说,"城里就是厉害,好好的,非要'爱毕色弟'。"

张燕感觉很好笑:"多宝你自己说的,城里不兴说农村土话。"

过了一个多月,钱多宝对各种活儿已经熟门熟路了。有一天,他回家的时候神秘兮兮地告诉张燕,他带回来一点儿东西。张燕一看,是一个红色的塑料袋。塑料袋在底部打了一个很紧的结,把里面的东西压得很实,最底下是一些看着像中药的深色粉末。

张燕惊讶地说:"这是啥?哪里捡的?不是啥违法的东西吧?"钱多宝说:"这是城里的咖啡粉。"张燕说:"咖啡粉?好像见城里人喝过。你从哪里搞来的?"

钱多宝说:"饭店里一个客人落下了一个小铁盒,店主

过往

等了很久也没人来取，就打开看了，发现是咖啡，于是自己泡在水里面喝了。今天我帮店主搬了个大东西，他就说送我了。他说他喝了几次还是喝不惯，没啥用，让我们尝尝味道。"

钱多宝一只手拎起这个塑料袋，袋子底部打的那个结在他们两张脸的正中间缓缓转动。他俩盯着这粉末，半晌没有说话。微弱的暖黄色灯光照下来，像一个宗教仪式的现场。

张燕开口问道："那到底这个玩意儿怎么泡？"

钱多宝说："用开水泡，像茶一样。"

张燕问："泡多久？上次我听到有人说茶不能泡太久。这玩意儿经泡不？"

钱多宝说："这个会融化，泡着泡着就融化了。"

张燕说："就和糖一样？"

钱多宝说："就和糖一样。"

张燕说："我出去打点儿水烧。"

他俩用锅烧了开水，却一时半会儿找不到容器，只好洗干净漱口盅用来盛咖啡。开水冲下去，杯子中翻腾出黑色的气泡，不像是饮料，倒像是毒药。钱多宝端起"咖啡杯"，轻轻跷起二郎腿，坐在床沿，端着咖啡杯的手落在膝盖上。张燕坐在他对面的小板凳上，右手握着咖啡杯的把儿，左手用食指和大拇指捏着杯沿，埋头看下去，杯中纯黑。两个咖啡杯热气蒸腾，在一片昏黄的墙上升起两股若有似无的轻烟。

第五章 城里人

不一会儿,咖啡的香气弥漫在整个屋子,稀释了潮湿墙皮发霉混着鼠尿的酸味。轻轻吸,是一种让人愉悦的似甜非甜的味儿。张燕和钱多宝虽然不知道这种味道该怎么形容,但都用心体会着。大概这就是城里人的享受吧。

也不知过了多久,张燕吹了吹咖啡,轻轻吸溜了一口。充盈于口腔的,只有一瞬间是香气,随后则是完全的苦味,苦得像儿时被灌下去的中药。张燕几乎忍不住要紧闭眼睛,但是她脱口而出的是:"真香!"

看着张燕喝了,钱多宝也忍不住喝了一小口。他连香气都没感受到,只觉得这杯水真苦啊。可他睁开眼睛看到张燕的脸,忍不住也说:"好喝!"他想了一下,问张燕,"是这个咖啡好喝,还是'福客来'饭店做的大鸡腿好吃?"

张燕回答道:"一个好喝,一个好吃,都好!"

他们就这么相互打着趣,一口一口把咖啡喝完了。

到最后,钱多宝忍不住问张燕:"你真的觉得咖啡很好喝?"

张燕回道:"不好喝,苦死人了。"随后终于把喝完中药的鬼脸摆出来了,他俩一起哈哈大笑。他们在城中村的破旧小屋子里拥有彼此,把咖啡的苦当作生活的甜一口饮下。在这口咖啡之后,他们终于确定,自己开始在城市生活了。

第六章

死者与生者

张燕的肚子一天天大起来。钱多宝对张燕说:"你还是上床躺着吧,大肚婆。"

"不碍事,我还能干几天。"

"上次你就说还可以干几天。你别犟了,万一小孩出事了咋办?"

"我躺床上就少了一份工钱……"

"我这段时间找了个好活儿,钱够,你安心躺着吧。"

"就是之前你说的跟唐老板去附近的县市干工地上的重活儿?"

"是啊。虽然走得远,也累,但是钱多。"

"那……那你走了我吃饭咋办?"

第六章 死者与生者

"嘿!你还担心这个!唐大娘她们给你带一份。"

"唐老板他老婆唐倩啊?那多不好意思。"

"你还不好意思了。我都和唐老板说好了,他老婆反正开小馆子,给你留一份饭菜,不碍事。再说了,唐大娘她们都是过来人,都懂这些,对你也有个照应。"

"哎哟,平时就麻烦他们不少事情。你看这——"

"大家都是出来打工的,之前说过嘛,相互照应一下。唐老板他们家是好人,我相信他们。"

"我晓得是好人,但是这……"

"你就莫说了,我们有啥法子吗?又要钱,又要生。你安心养胎。"

钱多宝终于把张燕劝得躺下了。他跟着包工头唐老板去附近的县市工地上干活了,每天都很累,但是他觉得很有奔头。他常常数着,这一摞砖是一瓶牛奶,这一摞砖是一顿猪肉,这一摞砖是一个小玩具……

一天,他正在干活,组长突然叫他:"钱多宝!去电话站,有人打电话找你。"

钱多宝急急忙忙跑去电话站,忐忑地拿起听筒,急促的声音从听筒里传来:"喂——钱多宝,快来医院啊,你老婆要生了。"

"啥?生……生了?不是还有一段日子吗?医生这么说

的。预产期还有好长一段时间，否则我早就回去了。"

"你搞啥啊，早产了！"

"啊？那好，在哪家医院？我这就过去。"

"就附近那个人民医院。你快来啊。"

"好，好，挂了挂了，我去了。"

挂了电话，钱多宝找到唐老板请假回去陪着张燕。回到城里的时候，天色已经比较晚了，钱多宝想了一下，应该给张燕买点儿吃的过去。他跑到自己送过货的"福客来"饭店，进门找到柜台后的老板："老……老板！"

"是老钱啊。咋了？看你满头汗。今天没货要送吗？"

"不是！我不是来送货的，是我要吃！"

"呀！你要吃，稀客稀客。来，你要吃啥，放开了点，我算你便宜点儿。"

钱多宝有点儿不知道怎么说，结结巴巴地说："不是……不是我要吃，是我老婆要吃！"

"啊？你老婆要吃？她自己咋没来啊？"

"她在产房，要生了！"

听到这句，正在柜台算账的老板抬起头，红光满面地笑着说："哦！恭喜恭喜！"

钱多宝此刻没想聊太多，就赶紧说："你们店的大鸡腿，还有没有？给我做一份，我看一下，"说着，他拿起菜单，"我

第六章 死者与生者

再点几个菜。"

钱多宝点了平时不会点的好菜,装在盒子里,系在借来的自行车上,朝医院飞驰而去。

天空飘着小雨,整座城市都阴沉沉的。钱多宝骑着自行车在路过一个小巷子的时候看见黑乎乎的几个人影,稍微一瞟,发现是几个人围着一个年轻的女人。

女孩惊叫着:"不要!"

钱多宝没有理会,又往前蹬了几米。马上就要离开这几个人了,但是他突然想到了什么,一时胸中热血上涌,又一个急刹车停下。他掉转车头,向那个方向大喊一声:"住手!不然我报警了!"随后捡起一个石头扔过去。石头在地上弹跳了几下,发出"砰砰"的声音。

这几个人中有一个看到钱多宝停车了,对他说:"你谁啊,别乱管闲事啊,我警告你。快滚!"

钱多宝此时有些害怕,这几个人看着像是地痞流氓,他肯定打不过他们。但这个瞬间,他又想到了太多东西,他咬紧了牙关,然后说道:"我叫你们住手,听不明白?"

这几个小混混爆发出一阵大笑,其中一个说:"想不到这里还有英雄好汉打抱不平。"

钱多宝脑海中突然想到了三个字"男子汉",他喘着粗气结结巴巴地说:"我……我就是……英……雄好汉!"

过往

这几个小混混围上来。钱多宝紧紧把住了自行车，盯着他们。为首的人穿着皮衣，面色黝黑，目露凶光。旁边一个小弟伸出手去翻钱多宝带的饭菜。钱多宝一把抓住他的手，喊道："松开！"

话音未落，他整个人就倒在了地上。他连忙爬起来，才感觉到脸上痛。他挨了一拳，谁打的？他没看到，刚才盯着饭呢。

此时，又有一个小混混也来翻弄钱多宝的饭盒子。他端起饭盒子打开，说："好香啊，让我看看有啥，咦——大鸡腿！"说罢，他用手直接抓起，放到嘴里咬了一大口，撕下一大块带皮的鸡肉。

钱多宝怒吼道："别碰！这些是给我老婆的！"

小混混们又爆发一阵大笑，为首的大哥说："老婆？你老婆就是这个卖酒的？"说罢，他一指那个女孩。

另一个小混混说："搞了半天，原来她还有老公啊！看着咋像一个农民呢？"

又是一阵大笑。钱多宝怒火在胸膛中乱窜，大步走了过去。结果还没出手，他就又被一个混混打倒在地。钱多宝抱着那个吃他的鸡腿的小混混也滚到了地上。

这个混混大喊："老子的新衣服！你个龟儿子！"然后用脚使劲蹬钱多宝。

第六章　死者与生者

钱多宝很痛，但并不松手，反倒攀到了小混混的胸口，他扼住了小混混的喉咙。此时，他咬紧了牙齿，鼻孔张大吸着气，把全身的力气都用在手上。他虽然不会挥拳打架，但长时间的体力工作让他的手粗糙、宽大又有力。他一使劲，就把小混混捏得喘不了气。小混混双手胡乱地打着钱多宝，可钱多宝一点儿都不放松。

旁边的小混混都来拉，可是他们拉不开。

混乱中，钱多宝的车被碰倒在地上，饭菜洒了一地。

钱多宝怒吼："我杀了你！"

突然，钱多宝只觉得全身一震，头像是被什么东西猛烈地砸了一下。他最后看到的是湿漉漉的地面上像播撒的种子一样的白米饭。他嘴巴贴着地面，气若游丝地念叨："鸡腿……"他用最后的力气转动眼珠寻找鸡腿。还没找到，他就失去了意识，只感到自己像是沉入了童年时恐惧的深深的蓝黑色的水塘，一片黑暗吞噬了他。

大哥看着一个小混混手中的棍子，再看倒在地上的钱多宝，呆住了，没有说话。一个小混混把手放在钱多宝的鼻子上试了试。

他回头声音发颤地说："死……死了。"

后面几个小混混往后退几步，然后转身就跑了。大哥说了一句"走——快走！"之后，也转身跑了。手上拿着棍子的小混混把棍子一扔，也跑了。

那个女孩扶着墙往钱多宝的方向走了几步，看到钱多宝没有动弹，尖叫着"杀人了"跑了。

此刻张燕已经开了八指，被推进了分娩室。在此之前，长时间连续的剧烈疼痛让她已经虚脱了。她全身都是汗水，痛感在她的下半身肆意爬行。助产士告诉她："宫缩的时候用力。"

张燕痛苦地摇着头说："啥是宫缩——啊！"然后是一声叫喊，她接着有气无力地说，"我不明白。"

助产士说："每次疼的时候，你深吸一口气，然后憋住，再像排便一样用力，一定要用尽全身力气。"

张燕说："好——啊！"然后又忍不住尖叫了一声。

助产士说："别尖叫！尽量别乱喊，浪费力气，节约到生孩子上。"

张燕几乎已经无力说话，她很费劲地点了点头。她感觉，时间的刻度变成了宫缩的间隔。每次宫缩的时候，她都会痛得生不如死。而在宫缩的间隙，哪怕是一秒钟，她都能失去意识直接昏过去。她隐隐约约听到助产士说："你宫口没全开，不全开生不了。"

她惊恐极了，什么是全开？怎么样才能全开？她不想再忍受这种痛苦了。可她几乎说不出话来。她变得绝望极了，

第六章 死者与生者

在这个关头,疼痛夺去了她的思考能力,她脑海中只反复回想一个简单的问题:为什么此刻钱多宝又不在?

到最后,她几乎陷入昏迷。只听到助产士说:"最后一下,来,我们帮你。"

张燕在失去意识之前攒了最后一点点力气,她用力的同时,助产士手起刀落,把钱自强从一个混沌的世界中挤了出来。张燕只感觉自己一下子变空了,自己的一部分已经永远给了钱自强。

钱自强一落地就哇哇大哭,而张燕直接昏了过去。

当张燕醒来的时候,她看到了小小的钱自强,同时看到了几个工友的妻子。这些女人围在一起吃瓜子,瓜子壳吐了一地。她们在大声聊着什么,一看张燕醒了,就都走过来围着她嘘寒问暖。她们皮肤黝黑,动作粗俗,安慰的话一句接一句地来。张燕一头雾水。最后还是唐大娘直接说了:"张燕妹妹,你老公钱多宝死了。"

张燕完全惊住了。她无论如何没法想象到,居然是这样一件事。唐大娘接着还说了什么,她都没怎么听,陷入了完全的呆滞中。她听了很久才大概知道这样一件事:她懦弱无能又质朴得像个大孩子一样的老公钱多宝,被人打死了,死的时候饭菜洒了一地。她的五官逐渐扭曲,眼睛闭着,眼泪一颗一颗从面庞滑落,手指关节捏得惨白,却没有发出任何声音。周围的女人们见此也都沉默了。

唐大娘柔声说:"大家出门打工都不容易,相互之间应该有个照应。"

突然,一个大嗓门妇女说:"这事不能就这么算了!得让工地赔钱。这算工伤!"

周围的妇女们都大声应和着。一个妇女说:"和他们闹!不怕!闹了才有丧葬费,才能去下葬。"

这句话一说完,这群人七嘴八舌吵了起来,你一言我一语地拼凑她们知道的劳务争端的例子,谁家明明占理却没拿到钱,谁家不占理却因为全家人把尸体抬到工地门口闹,拿到了很多钱。

张燕只想安静一会儿,此时她真是心力交瘁,连悲伤的力气都是挤出来的。

唐大娘最后说了一句:"张燕妹妹,你要是信得过我们,就让我们去帮你闹。闹完之后我们只要一点儿辛苦费,赔偿的一成就好,保证比你自己去要多得多。"

张燕还能如何表示呢,只得点点头。

这群人却没有走的迹象。

唐大娘笑了一下,说:"要不咱们立个字据?"说罢递上来两张纸,上面密密麻麻写了一堆,最下面写着:"钱多宝死亡赔偿相关事宜,委托唐倩处理。"

第六章 死者与生者

张燕无奈，在"委托人"后边签上了自己的名字。唐大娘几乎是一个尊称，是城中村的务工者圈子的一个小核心，又是包工头唐老板的老婆，在这个小圈子里威望很高。她确实对这方面的事情经历得多了，很有经验。当然，无利不起早，她也能从中捞到属于她自己的那份钱。张燕交给她办这件事，既是无奈，也是无法。这些时日相处下来，她觉得唐大娘的人品还是靠得住的，但愿吧。

病房终于安静下来，清洁工此时才进来开始扫地上的瓜子壳，一边扫一边说："哪个楸楸角角来的人，简直把医院当菜市场了！"她口中喋喋不休，一直骂骂咧咧，还不时瞪张燕一眼。张燕也不理会她，她闭上眼睛发呆，好不容易有这么一会儿空隙可以发呆。她需要发呆。如果此刻再去想关于钱多宝的事情，她一定会彻底疯了，会从医院的窗口直接跳下去，所以她真的需要发会儿呆。钱自强被放到她的身边，但是她忍住了不去看他。她害怕看到一张记忆太过深刻的脸，她害怕会直接掐死钱自强。

过了很久，张燕还是忍不住看了看钱自强。钱自强被裹在襁褓中，一直熟睡着，并没有被刚才的喧闹吵醒。她只觉得钱自强真幸福啊，仿佛与这个世界的一切磨难都无关，暂时无关。

第二天，张燕就出院了。她左手扶着腰，右手扶着栏杆，一步步慢慢走着去交了费。然后她又这么回来，收拾了自己的东西，离开了医院。

等她终于躺到出租屋的床上，她才认识到，钱多宝确实不在了。床上那边甚至可以闻到钱多宝身上洗不干净的汗臭味。曾经让她讨厌的味道，现在却变得让她怀念。这种味道也会死去吗？床也变得空阔了许多，她下意识地往床上摸去，却并没有摸到那个熟睡中的中年男人，往后再也不会摸到了。她终于哭了起来，但是哭得很有节制，她实在是怕大的动作让她身上的伤口崩裂了，会很痛，她不想再麻烦唐大娘她们送她去医院，更重要的是心疼钱。她的财产状况限制了她自由表达悲伤的权利。没开灯，不需要。这间几天没住人的屋子里似乎有老鼠在逍遥快活着，老鼠们吃饭、拉屎、东看看西看看、嗅嗅食物、舔舔爪子、生小老鼠，或者干脆毫无意义地到处乱窜，这也不是很重要。她就是伏在床上哭泣而已，与这些都没关系。张燕再一次想，要不就到这里结束了吧，把这一切都结束吧。

钱自强突然哭出了声。张燕感到了烦躁，她不知道自己应该做什么，是应该先去喂奶，还是应该继续哭一会儿。

她想到钱多宝的死，顿时觉得自己带着钱自强这个累赘活着没有任何意义了。孩子是钱多宝一定要，她才生的。但是现在钱多宝都死了，她为什么还要养活这个强奸犯的儿子呢？

第六章 死者与生者

对，强奸犯的儿子！她忍不住想到了李乾坤。在医院，她都不敢往这方面想。但是现在，在黑黢黢的家里面，只有老鼠、钱自强和自己的时候，这一切痛苦的回忆都像突然打开了一个失控的水龙头，水激烈地冲出来，砸到地上粉身碎骨，再向她溅去，让她无处躲藏。这是强奸犯李乾坤的儿子啊！因为那个可恶可恨、眼神阴狠的婆婆王芳，李乾坤此刻还在逍遥快活，而自己呢，还要帮他把孩子养大？很多年之后，孩子再认他这个父亲？张燕总有一种预感，无论自己如何不愿意，如何阻止，这一切一定会发生。在很多年后，这个孩子还是会敲开李乾坤的家门。为什么要跟着自己呢？又穷，又没有势力。所以自己就算养大了他，又有什么意义呢？更何况，自己如此恨他。他虽然是她的骨肉，但这一切并没有经过她的同意，她是被强迫的。

张燕越想越怒，心里恨极了。她想着，只需要走过去，把婴儿的脖子掐住，只需要几分钟，就可以结束他的生命。然后，她就可以了无牵挂地结束自己——当然要结束他与自己！

张燕心中的想法再也控制不住：李乾坤，我好恨你。钱自强，我也好恨你。你身上流着李乾坤的血——脏血。就算不扯这些，说点儿实在的，自强啊，你作为一个强奸犯的野种，即使活下去，也注定一生不幸。你没有选择的权利，一出生就需要面对太多——旁人的眼光、死去的父亲、强奸犯生父、

贫穷的家和被强奸的肮脏的母亲。这是黑,是绝对的黑呀!从你的眼中,往四面八方望去,都没有任何光明。你能看到任何光明吗?所有的行为都是徒劳,所有的努力都必将换来嘲笑。哪怕未来家财万贯,就能抵挡别人指着鼻子骂一句"强奸犯的野种"吗?

张燕又想到了自己。自己呢?当然也应该送他先走之后再自杀。从被强奸那一刻开始,自己就没有颜面活着了。在农村的土地上生长了一辈子,只那一瞬间就被连根拔起了。多宝啊,你已经是我活着的唯一牵挂了,你竟然也死去了。老天爷真是残忍啊。可是为什么呢?为什么是我懦弱的丈夫?这世界上该死的人太多了,李乾坤应该被车撞死,应该被车来来回回碾压成肉泥,包括那个自作聪明却对我的痛苦一点儿都感受不到的婆婆王芳,也应该陪着李乾坤一起去死!李乾坤是首恶,王芳难道不是帮凶吗?也许王芳才是首恶!但是受惩罚的只有我,反正……反正都是我的错。被强奸也是我的错,统统都是我的错。

钱自强的哭声越来越弱了。

张燕走了过去,想了想,应该怎么杀掉钱自强呢?她找来装咖啡的那个塑料袋,就用它吧。钱自强你闻闻,这里有咖啡的香气,也有你父亲钱多宝的味道。她把袋子猛地套在婴儿头上。她在脖子那里摸索,一点点摸到塑料袋的边,一

第六章 死者与生者

点点拉紧,最后用手摸了一圈,确定脖子上面没有什么空隙。接着,使劲!双手拽住塑料袋往回拉。钱自强又哭了起来。张燕想:原谅我,连让你舒服一点儿死去都做不到。此刻她的双手不停颤抖。她原以为杀掉钱自强只是一瞬间的事情,她原以为她的心已经坚硬如铁。结果并非如此。钱自强一直在哭。张燕下了狠心,准备像生他的时候那样,最后用力一次,她有种预感,这次会像生他那样,一次成功。

结果,她用力一扯,塑料袋"噗"的一声破了。钱自强的哭声突然又变大了。就像那天她和钱多宝一起在这间屋子里喝咖啡,钱自强的哭声像咖啡的香气一样瞬间塞满了这个小屋子。

"哇——啊——哇——"钱自强的哭声在小屋子里回荡,张燕的耳朵被震得发麻。

塑料袋破了,张燕也再没有力气了。这一瞬间,她从恨中积蓄的所有力量都消失得无影无踪。恨还是恨,可她不再想杀死钱自强了。她坐在地上,心脏怦怦直跳,缓不过来。

"咚咚咚",有人敲门。

张燕把钱自强放在床上,擦擦眼泪去开门。

是唐大娘,她关切地问道:"你没事吧?听说你直接出院了,这还了得啊!我来看看。"说着,也不征求同意就挤进了屋子,拉开灯,一眼看到床上的钱自强,她又说,"哎呀!

过往

你看你把自强饿成什么样了！"说罢，她径直走过去抱起钱自强，抱着摇摇，然后抬头责备地看了张燕一眼。

张燕喃喃地说："我……我没经验。"

唐大娘说："我来找你，一个是担心你，一个是我们商议了一下，你家男人死了，不能按照平时的收费，我们又商量着都少收点儿。来——"说着，她一只手拉起张燕的手往外走，口中继续说着，"还有，你这个娃娃，要喂奶的！走，我带你去找正在喂的姊妹告诉你怎么做。你这个人真是……"

唐大娘拉着张燕出去了，说话的声音在夜里渐渐散开……

第七章

尊严

几个月之后的一天中午,张燕打开出租屋的门,穿过侧面切过来的灿烂阳光形成的门帘,带着一身汗水冲进了逼仄、阴暗、潮湿的小屋子,又"啪"的一声甩上了门。她把背上背着的襁褓中饿得不哭不闹的钱自强慢慢放在床上,她自己也坐下了,长出一口气。坐到床上的时候,她全身的肌肉都很酸痛,骨头则像被泡在醋里一样。整个上午,她都在干重活儿,实在是累极了,真想就这么躺下去。她摇摇头,用手揉了揉肩膀,扭了扭脖子,站了起来。今天不行,下午她还要去一个别墅打扫卫生。她还需要做饭给自己吃,需要给钱自强喂奶。

她取出早上蒸好的糙米饭稍微热了一下。这是工友传给她的绝招。糙米蒸熟之后不那么容易消化,顶饿。吃上一大碗,即使是干体力活儿，也整个下午都不会饿。作为一种不花太多钱又可以长时间填饱肚子的食物，糙米饭是很好的，经济实惠又管用。虽然如此，张燕每次吃糙米的时候还是怀念农村的白米饭。即使在农村，她家也不太吃糙米。虽然也能吃，但是没事谁去遭那个罪呢？结果到了城市，还要吃回糙米，这也许就是城市的馈赠吧。

张燕走到泡菜坛子边，小心地用一双干净的筷子找着，看里面还有什么。阳光晒不进屋里，更别提放在角落的泡菜坛子里了，张燕看到里面有长条状的像一捆电线一样纠缠成一圈圈的黑绿色豇豆。张燕用筷子夹住这一捆豇豆，多夹一根，又放掉一根，提起来看看夹了多少。她快速地调整数量。豇豆要是夹多了，吃不完，就浪费了；要是夹少了，糙米饭可不好咽下去。取出豇豆之后，她赶紧盖上泡菜坛子，免得长白花了。她把豇豆切成小段，放到碗里。

张燕抱起钱自强，开始给他喂奶。她把左乳对准钱自强的脸，钱自强立马开始大力吸吮。张燕用左手抱着钱自强，右手将筷子插进大块的、黏成坨的饭，把这团米饭送进嘴巴。她和钱自强一样，实在饿极了，得赶紧先吃两口。吃了好几口之后，饥饿感才缓过来，嘴里才感觉到一丝寡淡。张燕在大坨饭的边缘用筷子搅了一下刚好一口吃掉的小团米饭，又用筷子把豇豆插进小团米饭里，一口吃掉。她自言自语："嗯，

第七章 尊严

寿司。"

　　这么吃了几次之后，张燕采用了最普通的吃法：吃一口饭，夹一筷子豇豆。豇豆泡得有点儿酸了，多吃了几口之后感觉嘴里面涩涩的。不过任何味道在这种情况下都是无可挑剔的，酸也好，辣也好，咸也好，甚至是苦也无所谓。她需要的是味道的激烈，而不是味道的复杂。过量的酸刺激着张燕的唾液腺，让她进食更顺畅，她吃饭的速度很快，一碗米饭很快就吃掉了很多。

　　就在这时，钱自强又开始哭闹，张燕知道，是时候换成右乳喂奶了。她感到一阵轻松，幸好在钱自强喝完左乳之前，她基本吃饱了，否则右手抱着钱自强，用左手吃饭可太累了。张燕最后利索地嘚了一下筷子，吃得差不多了，她开始收拾碗筷，把饭盖上。收拾完这些，钱自强也喝饱了奶，开始打盹儿。

　　张燕想了一下，这会儿应该去那个别墅打扫卫生。这种活儿算是轻松的，她感觉很庆幸能抢到这种活儿。之前有一次打扫卫生，那家把一些不要的东西还送给她了呢，虽然搬运很麻烦，但是能卖不少钱。张燕希望这次也能碰上那种慷慨的雇主。这世界上的人们对有用和无用的理解各不相同。

　　张燕把钱自强系在背上，转了几次公交车，几经波折之后，终于找到了那栋别墅。张燕的第一感觉是，真的太美好了。

过往

三角梅披在房顶酒红色的方砖之上盛开，远一点儿看，像一栋花房一样。阳光炽烈，每朵三角梅都在阳光下盛开。张燕想：今天真是一个好天气啊。她走到别墅门口，按响了门铃。

过了一小会儿，别墅的铜大门敞开了，走出来一个穿着白色连衣裙的年轻女人。她没有化妆，脸很漂亮，有一头黑黑的长直发。这个年轻女子几乎是走着猫步经过小径到别墅门口的，她轻轻拉开别墅花园的门，说："你好，你就是张燕吧。我姓乌，叫乌丽花。"

"哦，好的好的……"张燕立马应道。

"别墅挺大的，你今天先打扫第一层吧。"说完，乌丽花就踩着猫步回去了。

张燕其实没有太听清她的名字，叫吴丽花还是吴丽华来着？无所谓，反正自己就叫她吴小姐好了。张燕跟在乌丽花背后，没有走猫步，每一脚都重重砸在别墅花园的小径上。进了门，乌丽花问道："你知道怎么打扫吧？"

"知道，我知道。"

"好的，你先打扫客厅这块儿。打扫完我看下。"说罢，乌丽花就上楼了。

张燕仔细打量了一下别墅的客厅，实际上，这里几乎什么都没有，没有电视，没有沙发，没有茶几。说是打扫，但是只有地板可以扫一下、拖一下，落地窗再抹一下，就没有

第七章 尊严

事情可以做了。张燕把钱自强从背上解下来，放到墙角，就拿起工具打扫起来。

没多久，张燕听到楼上传来钢琴声，似乎是吴小姐在弹钢琴。钢琴声轻轻的、缓缓的，又若有似无。张燕听不懂钢琴，实际上她也并不太在意吴小姐这会儿干啥，只要不影响她打扫就可以。毕竟城中村可比这钢琴声吵太多了，她只当听不见。

这个别墅什么都好，就是有点儿热。干了好一会儿之后，张燕热得汗珠从头上大颗大颗滴下来，滴到地板上，刚好一拖，立马就不见了。

突然传来钱自强的哭声，哭声非常洪亮，楼上的钢琴声一瞬间停住了。

张燕把手上的拖把放进水桶，一边往哭声传来的方向走，一边在围裙上擦手。她走到拐角的时候，刚好看到楼上的乌丽花冲下来。

张燕看见乌丽花，先笑了一下，对她说："你好！"

乌丽花却不管张燕，冲到楼梯口一看，尖叫一声，说："呀！你看你的小孩掉到下面去了！"

张燕一听，也是一惊。她走上前，看见钱自强自己爬到了楼梯口，滚了下去，在转角处停住了。她的第一反应是破口大骂："你个孽种在干啥哟——"

她几步跳下去，抱起钱自强，检查了一下他的身上。钱

自强的身体看上去一切正常,他只是哭。

乌丽花却开始责备:"我最开始看到你带着一个小孩,就想先告诉你把小孩管好的!你带着小孩做事太吓人了!万一小孩磕着碰着怎么办?你想过没有?"

张燕对乌丽花笑笑,然后说:"哪有这么严重,这个狗儿皮硬得很,不会有事的。"

乌丽花看到张燕对小孩的举动,显得有点儿生气,激动地说:"什么叫不会有事,这不就有事了吗!你怎么当妈的?你小孩摔着了,赶紧检查一下啊!你怎么这么冷血!有小孩,你放在家里或者让别人托养啊!干吗带他来这么危险的地方?你赶紧带他上医院看看去。"

张燕有点儿无奈,医院是肯定不会去的。她开玩笑似的用手轻轻拍钱自强的脸,似哄似问地对钱自强说:"有没有摔坏你啊?"然后转头对乌丽花说,"穷人家的孩子,小磕小碰没啥大不了的。"

乌丽花从来没见过这样的母亲,她大声说:"你赶紧给你小孩道歉,然后带他去医院!"

张燕觉得不依不饶、无事生非的乌丽花很讨厌,只淡淡回了一句:"没有钱去医院。"

乌丽花一听更生气,说道:"你不带他去医院的话,我就不给你钱。"

第七章 尊严

张燕一听就吓到了，没有钱可不行，她的语气立马软了下来："好……好好好，我带他去医院，可是你不给我钱的话，我……我也没钱看病啊。"

乌丽花接着说："我真是没见过你这种当妈的！你知道母亲对小孩子多重要吗？你知道如果你不够关心小孩的话，会对他的心理造成多大伤害吗？我们都希望小孩能在健康美满的环境中快乐长大，一辈子开开心心的。你平时要多关心自己的孩子，要'爱'自己的孩子……"

张燕看着乌丽花，心中充满了幽怨，这个恐怕还没有当妈的女人，根本就不知道带小孩是怎么回事，可为什么她一直说，仿佛她很懂一样。但是张燕并不敢表现出来，低着头听着，不停说："是……是……"不为别的，就为了乌丽花能正常给她工钱。

正在乌丽花滔滔不绝的时候，突然门铃响了。乌丽花一惊，几步跑到门后通过猫眼朝外面望。张燕看不到她的表情，但是注意到了这一次乌丽花没有踩着猫步。她踩在地板上发出沉闷的声音，和张燕踩上去时一模一样。

门开了，进来了一个穿西装的中年男人。这个中年男人身上的西装看着很高级，也很合身，皮鞋锃亮。细看他的脸，长得也挺帅，中年没有发福，身材也挺好。多么配这栋豪宅和吴小姐的一个男人啊，张燕想着。

这个中年男人进门之后看见还有外人在,有一点点惊讶,他问乌丽花:"她是?"

乌丽花先是小声说:"你没说你今天要过来……"她扯了一下白色连衣裙的裙摆,像回过神一样说道,"啊?她是……她是我请来打扫的阿姨。"

男人一笑,说道:"还带孩子的吗?"然后开始脱身上的西装。

乌丽花见状,立马迎了上去。

男人脱下西装之后,直接甩给了乌丽花,说:"我先上去,你准备一下,快点儿上来。"说罢,他就穿着皮鞋直接上楼了。

乌丽花淡淡地说:"张燕你接着干活儿吧,别管我们。"

张燕忙拿起拖把,接着拖地。她想着,幸好男主人回来了,不然不知道会被这个吴小姐纠缠多久。她头也不抬地继续拖地。拖着拖着,头顶上传来两个人呻吟的声音,开始时很小声,后来越来越大声。张燕内心毫无波澜,只想做完这单活儿之后赶紧回去。想到乌丽花在她面前叉腰说教的样子,估计这次是没有什么垃圾可以带走了。

过了十分钟左右,男主人突然从楼上下来了。他全身什么都没穿。张燕赶紧把头转向一边,继续洗拖把。可男人直接走向她,拍拍她的肩膀说:"来。"

张燕犹豫了一下,还是在后面慢慢跟着男人。男人似乎

第七章 尊严

感受到了张燕离他太远，于是停下脚步，回头等着她。张燕感觉此刻内心异常纠结，她没有经历过这种场面，不知道怎么办，只能硬着头皮一步一步靠近男人。

男人等张燕走近，对她说："跟紧点儿。"说完就走上了楼。

张燕跟着男人到了二楼，终于看见了乌丽花待着的房间，里面有一张大大的床，铺着地毯，装修得很好。地上有男人黑色的皮鞋和袜子，丢得很随意，像四块污泥甩在地上。

男人把张燕带进了这个房间，然后指了指，说："打扫这间。"说罢，他就蹦上了床。

张燕迟疑了几秒，问："要不我先打扫别的地方？"

男人回答道："就打扫这间！"

张燕一下子明白了，一股怒火袭来，她不喜欢不被人尊重，在某件事发生之后，她更是不喜欢在这件事上不被人尊重。和"吴小姐"那种无理取闹不一样，这个男人是彻底地在羞辱她！她忍不住大声说道："我不打扫这里！要么你们走了我再打扫，要么我直接现在走人。"她顿了一下说，"你们付给我打扫一楼的工钱就可以。"

男人想也没想，动作也没停，说："哟——挺倔。这个房间……打扫一楼给你多少，打扫完这个房间也给你多少。"

张燕说："我不打扫这个房间。"

男人继续说："这么划算的生意不做？你只需要几分钟

过往

就可以打扫完这个房间——不赚钱了?"

张燕说:"我不打扫这个房间。"

男人冷笑了一声,说:"要不这样,你就把我的鞋子和袜子放好,我就当你打扫过卫生了。可以吧?给你和打扫一楼一样的钱。"

张燕说:"我不收拾你的鞋子和袜子。"

男人忽然暴怒了,大吼:"你是哪里来的农妇,连打扫房间都不会!"

乌丽花在床上,脸上稍微有点儿惊恐的表情,一只手捂住胸口,一只手扶着男人的肩膀说:"要不就这么算了。"

男人把怒火都发泄到乌丽花身上,直接一耳光打在她的脸上,给那美丽又苍白的脸染上了红晕。男人喘了两口气,然后一把揪住乌丽花的头发说:"老子白养你了,这么简单一件事都做不好!妆也没化。现在——"男人拖长了语调,"你先让这个老太婆滚蛋!我回头再来收拾你。"

乌丽花从床上起来,套上白色连衣裙,跳过地上的皮鞋和袜子,带着张燕走了。送张燕到了花园门口,乌丽花一边递钱一边说:"给,这些,打扫一楼的钱。"

张燕一看,明显是给多了,但是她也不拒绝,一把全攥进了手里,开口说:"谢谢吴小姐。"

"我姓乌,不姓吴!"

第七章　尊严

"好的,乌小姐,下次再找我。"

"你看你干的好事,哪还有下次!"

张燕看着乌丽花,一字一顿地说:"乌小姐,你做的和你说的大不一样。"

乌丽花咬着牙齿说:"你根本就不知道我的过去,凭什么评价我?你知道贫穷是什么滋味吗?也许你不知道,我家曾经很富裕……但是现在一落千丈了。我需要钱!我很需要钱!我做这些都是有理由的!"

张燕淡淡说了一句:"是的,乌小姐。"说完这句话,她头也不回地走了。

第八章

一本漫画

钱自强人生中掌握的第一个抽象概念也是贫穷。

一个冬天的早晨,钱自强自己去上学。到了小学校门口,发现还没开门。门口有很多学生和家长,都在等着学校开门。

"钱——自——强——"有人喊着钱自强的名字。钱自强望过去,发现学校门口边上的小卖部里有一个同学在叫他。钱自强几步就跑了过去。发现好几个同学都在小卖部里翻一本杂志,是一本漫画书。他们大声聊着漫画的剧情,还不时地争论,热烈极了。

钱自强也往前挤了挤,想看看漫画书上到底有啥。他第一次看到打印得如此精美的纸页,隔着一个人看着书上的内容。

第八章 一本漫画

"别挤别挤,钱自强,你别挤。"一群拥挤的小孩中有人叫道。

钱自强觉得很好玩,他又用力往前挤了挤,终于用一只手扯到了纸页。人群挤来挤去,他奋力抓住手中的纸张一角。

"让我看看!让我看看!"钱自强大声地说。

在哄抢中,那页纸突然"刺"的一声被撕开了。钱自强回过神的时候,手上捏着半页漫画,里面的漫画人物夸张地笑着。

老板突然不知道从哪里冒出来了,一把抓住钱自强,说:"你撕坏了,赔钱!"

钱自强惊呆了,感觉脑子突然空白了。

旁边的同学们都在起哄:

"钱自强把漫画撕坏啦!"

"我看到了,就是他撕的。"

"叫他不要挤,非要挤,这下好了,谁也看不成了。"

"就是,钱自强赔钱!"

"赔钱!"

"赔钱!"

听到这些,钱自强脸红了起来,烫烫的。他急忙辩解道:"不是我一个人撕的,还有人也在拉。"

老板却不管不顾地说:"书页在你手上,就是你撕坏的。

赔钱,精装书二十块钱。"

二十块钱对钱自强来说几乎是天文数字,从小他就没有任何零花钱,只有在非常偶然的情况下才能拿到一两毛钱。听到二十块钱的时候,钱自强整个人呆了。他还在想象二十块钱到底有多少的时候,店长紧紧捏住他的手臂说:"赶紧叫你家长过来。"

"我妈妈没有手机。"

"那打给你爸。"

"我……我没有爸爸。"

"怎么?你是不想叫家长过来?你不想叫家长,就掏钱,二十块钱。"

旁边的一个小孩开心地笑着问:"钱自强,你爸爸呢?"

另外一个小孩大笑着回答:"钱自强没有爸爸!"

店长缓了一口气,说:"那打电话给你妈妈。"

钱自强举起大红色的巨大的电话听筒,拨了他唯一知道的工地上的电话。接电话的是一个男人,话筒里传来苍老的声音:"喂——找哪个——"

"我找……我找我妈妈……张……张燕。"

"张燕啊,好,你等着。"

钱自强感觉自己等了很久,似乎周围看热闹的同学也都进了学校,电话那头终于响起张燕的声音:"喂,啥事?"

第八章 一本漫画

"妈……我在学校门口的小卖部,把一本书……"

"你啊——你一天在干啥啊,送你去学校不是叫你去小卖部的。钱都没有,你去那里准备买啥?我问你,你去小卖部干啥?"

"早上学校还没开门……妈……我把书撕坏了,老板让我赔钱。"

"你还把书撕烂了!你看你一天!要赔好多吗?"

"二十块钱。"

张燕在电话那头直接说了一句:"没有!"然后就挂了电话。

钱自强听着电话里"嘟嘟嘟"的声音,不敢转过头面对老板,就这么握着手中的电话。老板在旁边急迫地问道:"你妈说了啥?"

钱自强只好慢慢把听筒放回去,对老板说:"我妈把电话……挂了。"

老板眉头一皱,又抓起钱自强的胳膊,说:"走!我们去找你的班主任。"

钱自强一听这话就急得哭了起来。

旁边有一些围观的学生和家长。一个高年级的女生大声说了一句:"老板,你别为难他了。让他再打电话就是了。"旁边一些家长也才开始附和起来,说:"就是,老板,一个小孩,你带他找什么老师。"

老板看了钱自强一眼,告诉他:"你就在店里面等着。"然后头也不回,开始招呼别的小朋友了,脸上瞬间挂上了和蔼可亲的笑容,介绍起漂亮的圆珠笔来。

钱自强整个身体都是僵硬的,他不知道应该干吗,只能干等着。他希望老板过一会儿就把他放了,不要影响早上的课。

时间一分一秒过去,来上学的人越来越多,狭小的门口开始变得拥挤。老板每次招呼顾客的间隙,看到钱自强呆呆傻傻站在那里不知道干吗的样子,都忍不住用鼻孔"哼"出一声来。后来老板实在忍不住了,上去搭着钱自强的肩膀说:"你妈到底来不来,不行就去找你的老师。"

正在这个时候,张燕来了。

张燕一到店里,就用大嗓门喊着:"钱自强!"

钱自强像终于遇到了救星,跑上前去:"妈,我在这儿。"

张燕一把揪起钱自强的衣领说:"你咋回事?我给钱供你读书,是要你好好学习,不是喊你跑来小卖部玩。"说完,也不多说,直接打了钱自强一耳光。

"啪"的一声,钱自强觉得天旋地转。旁边的小孩捂嘴笑着。

老板走上来说:"哎呀,没事,小孩淘气嘛,赔了就好了。"

张燕不理会老板,接着问钱自强:"你难道不晓得我们

第八章 一本漫画

家里的情况吗？我们家没那么多钱供你要——供你撕书要！"说着，张燕拎起这本书，"还是一本漫画书！你居然还看漫画书！漫画书是那些有钱人家的孩子看的，我们家根本就看不起，你居然还看漫画书！"

钱自强低头不语，脸通红，只盯着地上的纸箱子，不敢挪开视线。

张燕继续说："你好好看书也就罢了，干吗要撕书？"

钱自强小声说："不是我撕的，当时好几个人在抢。"

张燕问："抢的那几个人呢？"

钱自强用更低的声音说："进去上学了。"

张燕说："你还知道上学啊？为啥他们撕了书之后去上学了呢？"

旁边看热闹的人越来越多，老板有点儿不耐烦了："哎呀，说这些。也不贵，二十块钱，给了就进去上学嘛。"

张燕解下头上的安全帽，一下扣在小卖部的橱柜上，说："哪个说是我的小孩撕的，哪个看到的？"

老板急了："嘿！都看到了嘛。"

张燕盯着老板的眼睛说："哪个看到了？你看到了？你详细说下当时是怎么撕的，这一看就是好几个人一起抢书撕下来的。"

老板说："当时就一群小娃儿在那儿抢书看，然后就撕烂了。最后——"他加重语气说,"最后书页在你的小孩手上嘛。"

张燕说:"那就把那些小孩都找来,每家每户看赔多少!我家没二十块钱。"说罢,她直接坐到了一个小板凳上,盯着老板。

老板说:"哪有你这种人哟!都看到是你儿子撕的啊!"

张燕说:"反正我没看到就不作数。走!我们进学校把那些小孩找出来,喊他们家长出来一个个对清楚。"

老板有点儿不知道该怎么说。他想,要是老婆在,一定能和这个疯婆子骂上一天。他想了想说:"那要不这样,你直接赔我成本价,十五块钱,可以不?真是算我倒霉。"

张燕一听就不乐意了:"搞了半天,二十元不是成本价啊!那我怎么晓得十五元就是你的成本价?"

老板无可奈何地说:"十五块钱真的就是我的进货价了。"说罢,叹了口气,"那你到底愿意给多少?"

张燕说:"只撕坏了一页,我最多只赔一页的价格。而且这一页也不是只有我儿子撕的,我愿意赔都算可以的了。"

老板简直被气笑了:"哎——哟,哪有你这样的人啊!"

张燕说:"来嘛,看你这本书好多页,算一下,我就赔一页的钱。"

老板看看表,说:"算了,行不行,算了!老子生意都被你整没了。这本书本来十五块钱,我算你十块钱,好不好,你把它买走。"

张燕看了老板一眼,皱起眉头,抄起这本书,随意翻了一下,又把书举到钱自强面前,用一只手使劲在书页上点,对钱自强说:"看嘛!你喜欢儿童书,不就是这些小猫小狗吗?怪得很!"一边说,一边使劲用手指戳书页,发出"嗒嗒嗒"的声音。

钱自强不语,轻轻把脸侧过去。

张燕一看更怒了,说:"你不是爱看吗?看哪!"她把书使劲往钱自强脸上凑。钱自强的整张脸都被书页糊住。他在书页后面低头哭了起来。

就在这时,上课铃响了。张燕又看了钱自强一眼,说:"你先去滚去上课,回头老子再收拾你!"

钱自强哽咽着说了一声"好",但是没有挪动脚步。

张燕也不管钱自强,对着老板说:"就五块钱,最多了。你卖不卖,不卖就继续扯到中午放学。"

老板简直心力交瘁,说:"算了算了,就五块钱,给了钱快走!"

张燕拿出五块钱买了这本撕了半页的漫画书。她牵着钱自强的手,走了出去,听见老板在背后小声咒骂。走了几步就到了学校门口。

钱自强小声说:"妈妈,对不起。"

张燕说:"没啥对不起的。进去读书。"

钱自强小声说:"那本书……"

张燕说:"你想要?"

钱自强用很低很低的声音说:"嗯。"

张燕拉着钱自强又走了几步,走到门口放的垃圾桶边上。

张燕对钱自强说:"你看清楚了!"然后双手抓着漫画书使劲地乱撕,边撕边说,"你喜欢小人书,是吧?你喜欢小人书,是吧?"最后,她抓着手中书的残骸,举过头顶,大力拍在绿色的大垃圾桶里的枯枝烂叶上。

"砰——"

很多灰尘从垃圾桶中升起,在早晨的阳光下看着像核弹爆炸之后的蘑菇云。

干完这些,张燕喘了一口气,恶狠狠地盯着钱自强说:"你听好,我们家穷,看不起小人书。"说完这句话,她看都没看钱自强,径直离开了。转身的时候,张燕心中充满了报复的快感。可是她越往前走,越痛苦。到最后,她甚至想要哭出来。走出很远,她忍不住回头看了钱自强一眼。

钱自强小小的身体依然站在垃圾桶前。

第九章　自卑

第九章

自卑

　　经过这件事之后，钱自强本来就很小的物质欲望更小了。任何花销，他都会自己在脑海里过一下，只有一定需要的，才会开口向妈妈要。除此之外，他还变得少言寡语了。很多同学都知道了他有个靠吵架用五块钱买了二十块钱的书的妈妈，喜欢用这件事开钱自强的玩笑。钱自强从来不反抗。后来这些玩笑很快消散在更有趣的动漫和游戏中了。

　　钱自强注意到，他妈妈嘴角总是向下的。她时常使劲抿着嘴，摔了腰时这样，讨价还价时也这样。晚上睡不着觉的时候，他偷偷观察她，她还是喜欢使劲抿着嘴唇，嘴角狠狠地拉下去。有一次有个阿姨悄悄给了他一块糖，然后摸着他的头说："造孽啊！"说罢，又叮嘱他，一定要听话，他妈

过往

妈一个人带着他非常不容易。他又联想起自己没有爸爸的事情。咦，没有爸爸，也是一种贫穷？别人都有爸爸，他没有。虽然妈妈回答过这个问题："你爸爸死了，"然后又补了一句，"被人打死的。"但他对死亡确实没有准确的认识。与遥远的死亡相比，还是摆在眼前处处显现的贫穷更让他印象深刻。

不过他确实知道妈妈很不容易。为此，他很少犯错，尽量少惹她生气。妈妈一旦生气，等着他的就是一顿骂。钱自强一边哭一边听着，最后哭哑了嗓子，保证自己再也不会犯错了，尽管这种错误往往很小，一般就是忘了锁门或者丢了什么小物件之类的事。

一天放学，老师临时不在，让同学们在操场上排队等候，班长和副班长负责维持秩序。孩子们交头接耳聊着天，聊的是流行的玩具和电视上播放的动漫。钱自强不太能插上嘴。他就静静听着，想象自己在玩这些玩具。他听着这些讨论，努力记住这些动漫的剧情和主人公的名字，渴望下一次可以凭借东拼西凑的信息来加入聊天，去争论一下到底哪个角色更厉害。

突然，班上出了名的"调皮鬼"陈天闻一把拽下钱自强脏兮兮的书包，然后摔到地上，大喊一声："开球了！"随后大力一脚，把钱自强的书包踢向了人群。

有几个同学立马笑开了花，模仿起时下流行的足球动漫

第九章 自卑

里面的人物,把钱自强的书包当皮球踢。钱自强去抢书包,却被这些同学当作要带球过人的防守队员。每次钱自强跑去,都抢不到书包,有几次好不容易差点儿抢到,又被人"传球"走了。这些同学大多上过少儿足球班,脚法不说多精湛,但确实有那个样子。别的同学要是被这么戏弄,可能就要和他们厮打在一起了,但是钱自强不太敢这么做。他只敢不接触他们的身体,去抢回自己的书包,这使得他更难抢到了。大家笑得愈发大声,一些女生也笑了起来,不过更多的女生都是皱眉看着他们胡闹。

有人大喊一声:"老师来了!"众人远远一看,好像真有几个人往这边走。

陈天闻跑到书包旁边大喊一声:"大脚射门!"然后使劲踢飞了钱自强的书包。

钱自强的书包在空中就开了扣子,各种书和本子像轰炸机投的炸弹一样散落了一地。钱自强连忙跑过去捡。

这个时候班主任熊老师走近了一看,满地的本子,再一看捡东西的钱自强,立马就明白了这是恶作剧。她问钱自强:"你怎么又被欺负了?今天是谁甩的你的书包?"

钱自强不回答。

熊老师看了一下嬉笑的学生们,叹了一口气,又看了一眼手表,大喊一声:"谁再嬉笑打闹,直接留下来,别放学了!"

过往

大家马上安静了。熊老师看了一眼已经收拾好的钱自强，说："你回去排队。"然后开始整顿训话，"我再强调一遍班级纪律！谁以后再敢嬉戏打闹，谁就留下来，别放学了！你们谁想试试就接着闹！"声色俱厉地说完这几句话之后，熊老师扫视了一下全班，接着说，"还有，我再说一下关于作文大赛的事情……"熊老师的意思是班里的作文不够好不够多，让大家多写点儿，写好点儿。这件事说完，她就让全班列队走向校门口。

门口处是熙熙攘攘的家长。很多家长伸长了脖子在往里面看，还有一些已经领到自家小孩，正在问东问西。今日逸事、家长里短、学校新闻、亲友来访，还有晚饭吃什么，都是很好的议题。大多数家长这个时候都是焦躁中带着快乐。不同家长的打扮也不同，一些比较正式，一些朴素平常，一些邋里邋遢。年轻家长的打扮各不相同，爷爷奶奶辈却出奇地相似。在这些人之中，有一个人比较特殊。她看着不太年轻，也不太老，穿着脏兮兮的衣服，衣服上有成片的污黑。除此之外，还有很多油漆白点儿，密密麻麻地在她黑黑的衣服上。远远一看，不伦不类，比普通家长要吸引眼球。等凑近一看，又让人不由得想要远离。

熊老师开始喊一个个名字，让家长上来领走自家小孩。喊一声小孩的名字，随后一张家长的笑脸迎来，边走边说："这

第九章 自卑

里！是我，是我家小孩。"然后签上名字，拉着小孩的手离开。

钱自强听到班级里面开始窃窃私语：

"你们看那个人是谁的星星妈妈！"

"什么星星妈妈？"

"就是身上全是白点儿那个啊。"

小孩们发出一阵细碎的笑声，像小刺扎在钱自强的手指上，让他非常不舒服。校门口正嘈杂，熊老师忙着点人也没管。就在这时，熊老师高喊一声："钱自强！"

大家立马听到门口传来一声："来——啰！"

这声音很大，正来自张燕。张燕几大步穿过人群，站到熊老师面前。她说："熊老师好啊！我家自强在学校表现还好吧？"说着，恭恭敬敬地签上自己的名字。

钱自强感觉班级里的笑声似乎更大了。大家似乎一边仔细看着他妈妈，一边又仔细看着他。目光似乎全集中在他全身上，让他全身发烫又奇痒难耐。他不敢动，只是紧紧盯着眼前的地，目光一点儿不能移动。钱自强感觉比刚才书包被踢来踢去更难受，恨不得抓起妈妈的手赶紧走得远远的，他整个脸发红了。

一只粗糙的大手突然抓住了钱自强的胳膊肘，把他往外拖，他一边走着一边想：终于解放了！走快点儿，再快点儿，赶紧走过街角，走到大家看不到的地方去。结果他妈领着他往外走的时候却被熊老师拦住了。熊老师暂停了点名,轻声和张燕说着什么。这个时候,钱自强感觉更难受了,校门外的家长、校门里面的同学就像坐在两边的观众,一起看着妈妈、班主任和自己的表演。在这么多目光下,钱自强只感觉脸滚烫,头有点儿眩晕,心脏怦怦跳。他用尽力气咽了一下口水。

熊老师对张燕说:"钱自强在学校好像被人欺负了,钱妈妈你……"

张燕一听这话,看了钱自强一眼,对老师说:"哎呀,小孩子之间打闹没事的。"说罢笑了笑走了。钱自强一边走,一边伤心,他觉得自己很委屈。但是母亲没说话,他也不敢开口。

走了一会儿,张燕看看身后没有学生和家长了,蹲下来对钱自强说:"发生了什么事?全部告诉我。"

钱自强看了妈妈一眼,没开口。

张燕用双手捏住钱自强的双肩,用更温柔的语气说:"没事,直接告诉我吧。"

钱自强把事情经过描述了一下。

张燕叹了一口气,眼睛看向天。今天是个大晴天。张燕扭过头对钱自强说:"忍着。"说罢又补充了一句,"不过你要牢牢记住你现在心里的感受。"

张燕轻轻抱了一下钱自强。虽然时间很短,但钱自强产生了异样的感觉，他也说不清，也许是这种拥抱太陌生了，显得奇妙又让人印象深刻。

过往

第十章

臭

　　钱自强就这么成长着,在需要的时候当受气包,在不需要的时候当隐形人。升入初中的时候,张燕带着钱自强搬了一次家。新家更远一点儿,环境和之前的住处差不多,不过租金更便宜。等他们都住进去了,才发现一个问题——洗澡不方便。最开始的时候问题并不严重,张燕不时带着钱自强去洗澡。不过后来张燕忙起来,就没再管钱自强。这下可就让钱自强犯了难,离他们最近的澡堂子实际上也很远,而且太贵了。钱自强甚至都没有开口问妈妈能否给钱让他去洗澡。除了澡堂子,还有一种洗澡的办法,就是在公共场所里面洗澡。不过钱自强已经进入青春期,对被突然进来上厕所的陌生人看到赤裸的身体,有一种抵触。在张燕眼里,这不算啥大事,

第十章 臭

但是钱自强很担心,他洗澡的时候总是提心吊胆,各种各样的人都可能闯进来:工地上黑黝黝的农民工、附近饭店的胖厨师、遛弯的老头,以及其他小朋友。这些人中,他最讨厌同龄人跑进来,因为其他人都可以直接无视,而那种来自同类的审视的目光,他则很难无视。

有一次,在他洗澡的时候,一个身着五颜六色的品牌童装,看起来很活泼的小男孩突然进来,看到他,立马惊叫一声:"天哪!竟然有人在公共场所里面洗澡!"最后一个字的声音拖得很长很夸张,就像他在动物园看到了令他惊奇的动物,需要用这种夸张的声音来突显他的童真,让妈妈爸爸摸摸他的头一样。小男孩笑着跑了出去,远处的声音传了回来:"哇!你们知道我看到了什么吗?竟然有……真的不骗你!这也太神奇了吧,为什么会有人这样啊?走———一起看看去!"

钱自强立马躲进了厕所的蹲坑,可是蹲坑的锁又是坏的。他只有湿着身体,赶紧拢进衣服,套上裤子,用手紧紧拉住门。门口有一堆人走过来的声音,钱自强大气也不敢喘。

嘈杂的脚步声中,一个人说道:"人呢?哪有人在洗澡啊?豆豆你又骗人。"

那个可爱的童声又响起了:"真的!他刚才真在这里洗澡。哪去了?"

钱自强紧闭双眼,只想着快让这一切结束吧,求求你们

过往

快走吧，求求你们赶紧回家去吧。那里有舒服的被窝，有空调，有零食，有电视。总之，别在这里了，快去吧。

此时，隔壁坑的人放了一个悠长的屁，外面的小孩们捂着嘴巴夸张地大喊："好臭！好臭啊！"他们一哄而散了。此刻，钱自强很感激旁边这个人。

从此，钱自强就再也不去公共厕所洗澡了。甚至洗澡这件事本身也让他厌恶。他身上开始变臭。一开始是简单的汗臭味，后来是一种仿佛发酵过的复合的臭味，原料是贫苦生活的方方面面，再加上一声无奈的叹息。

身上不清爽，成绩也比较差，年轻的班主任施老师时常掩不住对钱自强的讨厌。她有的时候才喷了香水，一看钱自强进办公室了，就忍不住假装在思考，轻轻掩起口鼻。在钱自强犯错的时候，她更是忍不住大声呵斥。钱自强既没有成绩，也没有送礼的家长，身上还有一股难闻的味道，真是够让人讨厌了。他站在班级队伍里时，周围的人都避之不及，经常直接把队列弄出一个以他为圆心的圆形空白，这更让施老师受不了。其他班级整整齐齐的时候，她的班级就因为有钱自强，显得很不整齐。这简直就是这个班级的耻辱！虽然她也知道这不能全怪钱自强，但是如果没有钱自强，大家确实会舒服很多。虽然钱自强本人还算听话，但是施老师依旧认为，钱自强是上天给她的教师生涯的一个麻烦。

第十章 臭

相比于施老师这种心理复杂的讨厌,同学们对钱自强的反应倒是很直接:厌恶、疏远、孤立。和小学时不同的是,初中阶段同学们对钱自强的玩笑都多了一些侮辱的味道。携带着臭气的钱自强自动包揽了给所有臭气当主人的活儿。突然飘来的不知道来源的臭气,当然就是钱自强散发出来的。有明确原因的臭气,也得和钱自强扯上关系。有的时候是被用来比较:"这东西简直比钱自强还臭!"有的时候是被用来调侃:"让臭王钱自强收了这个玩意儿!"施老师从来不阻止,有时候还会跟着揶揄两句,逗得全班哄堂大笑。

钱自强觉得更自卑了。他感觉不管自己走到哪里,不管自己躲在什么地方,都有一个鼻子在一抽一抽地嗅着。这种感觉甚至比被人盯着更难受,因为被盯着,虽然灼烧感剧烈,却只有一小会儿,而被人闻着,则像是会尾随他一生。

很多年之后,钱自强在看一本书的时候,回想到了这段经历,他一个人摊着书,静静想了很久。

在面对一个自身没什么反抗能力,又确实携带着某种招人厌的特质的对象的时候,人们总是肆意地表现他们团结的残忍。也只有在这个时候,受害者才能知道加害者们平时侃侃而谈的"博爱"到底真不真。遗憾的是,如果比较的维度无穷多,那么每个人身上都有小众的、让人讨厌的、可以被攻击的东西。而实际上这个维度就是无穷多,只看人们愿意如何挑选。所以所有人都既有当加害者的潜质，也有当受害者的可能。可是大多数人看不到这些，于是觉得自己会永远站在大多数和正确的那一边，永远认为自己代表着正义，对抗着邪恶，直到有一天一觉醒来发现自己却成了少数派，被推往聚光灯下，被人吐口水。这种人叫作炮灰，他们大多数时候是加害者，少数时候是受害者。而如果能摆脱盲目跟随，又自我阉割掉同情心，就可以站在船尾把舵，通过控制炮灰们相互攻伐的主题，操控这艘装满炮灰的巨船。这种人叫野心家，他们永远是加害者，直到位置不保，被别的野心家进行清算的那一天。

  他想到这里的时候，惊奇地发现，追溯这个思想的根源，竟然是一段以臭味开始的经历。班上的同学呢？那些第一时间选择去欺负人的同学，那些第一时间接话把矛盾引向钱自强的同学，实际上他们正是小小的野心家。而那些哄笑的同学，正是小小的炮灰。这是集体教给他们的第一堂社会实践课，将来会以更粗暴的方式在他们的生命中反复温习。

第十一章

洗澡

　　初一的期末考试之后，在一个周五的下午开家长会。那天下起了雨，张燕没带伞，顶着小雨就来了，身上到处湿漉漉的。钱自强成绩比较差，留到了最后那一批点评。最前面成绩顶尖的同学接受了施老师的表扬后满意地回家了。中间的大多数普通同学则听着施老师和家长之间带有表演性质的拉锯战之后，像往常一样放学回家了。最后的几个同学，包括钱自强，还有那些愁眉苦脸的家长，在等着最后的批判。施老师此时也是心力交瘁的。而且她也知道，后面这一场才是高潮，因为后面这一场才会带上真情实感。

　　钱自强内心纠结，张燕却听得很认真。张燕一直想听施老师点评一下钱自强。她为了赚学费、生活费，时常累得回家倒头就睡，对于钱自强，她并不十分清楚他在学校表现如何。不过她大概知道，他肯定是要被欺负的，这种家庭的孩子，被欺负也是没办法的事。

"至于钱自强，我只希望他把身上洗干净。"施老师突然来了这么一句。

张燕很诧异，她觉得钱自强身上或许有味道，但是老师不应该当着这么多人的面说出来。她感到羞愧，又感到愤怒。

不知道施老师是否感到终于有一个发泄的机会了，她开始不停地说钱自强的事情。在她的口中，钱自强完全是懒导致了这一切问题，臭也是，成绩不好也是，连被人欺负也是。说了一会儿之后，她开始夸夸其谈：

"钱自强也许是一个问题的缩影，一个教育学领域非常深刻的问题的缩影。我一直认为，孩子的教育不能仅仅通过学校，而是要通过家庭、社会和学校的共同努力。其中影响最大的还是家庭。钱妈妈，今天这会上已经没几个人了，我得说一句，您得多带钱自强去洗澡，让他多注意卫生。还有，我上次问钱自强为什么不洗澡，他说他妈妈忙。我就问他，那你爸爸呢？他说他爸爸死了。"

说着，施老师当着几个孩子和家长的面前，走到张燕坐的那张课桌前，问道："钱妈妈，是这样吗？"

张燕苍白着脸，半晌才点了点头说："是。"

第十一章 洗澡

施老师听到这句话，微微一笑说："我还以为钱自强骗我呢。我接着说啊，咱们确实有一些客观情况在，但这毕竟是一个班，毕竟有这么多人，是吧？就——"她故意拖长了语调，"咱们也不能因为极个别同学影响整体，对吧？所以说，钱妈妈，还有钱自强同学，不管你们家庭的情况如何复杂，也得好好洗澡，注意个人卫生。"

旁听的几个家长本来还愁眉苦脸的，听到这些，有几个人露出了笑容。毕竟出现了比单纯成绩差、调皮还让人讨厌的人，这简直就是他们的救命稻草。一些家长甚至开始交头接耳，频繁点头。

到这里，班会差不多就结束了。剩下的家长陆续上台领些东西，然后离开。张燕没有走，她突然伸手捏住了钱自强的手，用大拇指摩挲着他的手背。等到只剩下几个人的时候，张燕拉着钱自强走上了讲台。

"施老师，我觉得你的教学方法有问题。"

"嗯？"

"施老师，我说——我觉得你的教学方法有问题。"

施老师稍微慌乱了一下。她一直觉得这种同学的家长只会感恩戴德，对于任何讽刺挖苦都只能吞下，再挤出笑脸面对老师。她定了一下神，开口说道："钱妈妈，你觉得哪里有问题呢？"

过往

"不应该在这么多人面前伤害小孩的自尊。"张燕盯着施老师的眼睛丝毫不退让地说。

"哦?我还不知道您这么擅长教育。可是为什么您的小孩身上这么臭呢?"

张燕回头看了一眼咬着下嘴唇看着地板的钱自强,接着说:"我家是物质条件不行,但是你是师德不行。"

施老师愣了一下,冷笑着说:"我恐怕还不需要一个连洗澡都教不会的妈妈告诉我什么是师德。这个班级条件不行的学生多了去了,为什么只有钱自强这么臭?"

张燕确实不太能回答上这个问题,只得说:"我回去问问他怎么回事。"

"所以我说教育不只是学校的事情,还有家庭。您作为他的妈妈,真闻不到他身上的味道吗?您有没有关心过他呢?"

"那就算如此,这些是我的问题,你也不能就这么当着所有人的面说他。你说这件事,不是为了教育,而只是为了发泄。"

"前面好几次家长会你都没在,我不在这个当口说,什么时候说?你根本就不关心钱自强,否则为啥家长会都不来?我发泄——"施老师转过头"嗬"了一声,翻了一个白眼,又转回来说,"那你告诉我怎么才是不发泄?钱自强身上不

第十一章 洗澡

是一天两天臭了，你但凡带他去好好洗次澡也能消停几天。可是呢？你看我们班上这么多家长，很多是西装革履的精英，人家还能抽出时间陪小孩玩呢，你真就一点儿时间都没有？"

"我家是单亲家庭，我哪有那么多时间？"

施老师把头埋下，看着讲桌上的各种纸张，说道："那然后呢？就让他走上他爸的老路？"施老师立即意识到自己说错了话。她此刻心里面窝着火，只想讽刺一下钱自强的家庭，说完才想起钱自强他爸已经死了的事情。

"什么叫走上他爸的路？你什么意思？"

"是我说错了。我的意思是，走上你的老路。"

"走上我的老路又是什么意思？"张燕第一时间想到的是强奸的事情，而施老师其实想说当农民工这件事。

"就是也像你一样每天干体力活儿吗？"

"干体力活儿怎么了？劳动光荣，我靠我自己的劳动生活有问题？"

"所以你们家代代都去当农民工？"

"你这话什么意思？你是看不起农民工吗？我告诉你，城里面所有的高楼大厦，还有各处保洁，都是我们农民工兄弟姐妹干出来的。没有我们，你们怎么享受这么舒服的生活？"

"我可没有看不起农民工，你别瞎说。我的意思是，你把孩子送到学校，是想让他接受完义务教育就去工地打工，还是希望他继续读书往高处飞呢？这和我看不看得起农民工兄弟是两个问题。"

张燕沉默了一下，说："我儿子会出人头地的。"

"既然你想让你儿子出人头地，那就是你想让你儿子不走上你的老路，你儿子就要读初中，读高中，甚至读大学。可是哪个班级会允许他这么一直臭着，对此熟视无睹？"

"至少不是你带的班级。"

"你这又是什么意思？他臭，我管他还管错了？"施老师喊了起来。

"你这个人就不适合当老师，哪有这么说学生的，哪有这么教学生的！我儿子天天被欺负，你都没管过，反倒骂我儿子，这哪里公平了？"

"那别的同学都干干净净，不会臭到别人，偏偏你儿子会臭到别人，又哪里公平了？"

张燕感觉很不甘心，也很生气，但是讲大道理好像又讲不过对方，胸口憋着一口闷气。她使劲一拍讲桌，大声说道："像你这种只会骂人讽刺人的瓜婆娘，早点儿从学校爬开吧！"

年轻的施老师显然惊呆了："你……你怎么骂人啊！"

"骂你？这就算骂人啊？那我再告诉你什么是骂人。你这种瓜货，看上去好像全部都懂完了，实际上只是自以为是。你才见过几个学生家长啊，就在那儿给人分三六九层。你懂

第十一章 洗澡

个锤子！我张燕今天明白告诉你个瓜婆娘，你当老师有很大问题，你从来就没有真正关心过每个学生，你只是在巴结那些好学生，像我们钱自强这种，你根本就不关心。一碗水你端不平，你当啥老师啊，你干脆去卖——"张燕拉长了音调，"卖苞谷算了。"

听完这些，施老师气得什么话都说不出来。她虽然知道作为教师，会遇到社会上的各种人，但这是她第一次面对张燕这种农村悍妇，她简直是胡搅蛮缠还低素质！当然她不知道的是，张燕已经是收敛着脾气和她对话了。在张燕看来，这都不是吵架骂人，只是非常认真地讲道理。

施老师一时不知道怎么办，是和她吵架还是服软。她看向张燕，发现张燕一手叉腰，一手拉着钱自强站着，眼睛直瞪着自己。再仔细观察一下张燕，皮肤黝黑，双目炯炯，偏大的、看不出本来颜色的外套，一双脏袖套。她身上到处是被雨水打湿的地方，头上套了一个绿色塑料袋。塑料袋是为了挡雨戴上的，急急忙忙赶来忘了摘下来，显得有点儿滑稽可笑。施老师想了一下，还是觉得不能和张燕吵架，肯定吵不过，也没有意义，不过也对这样一副打扮留下了深刻印象。

施老师没再说话，张燕显得很高傲，说了一句"我们走了"之后就牵着钱自强离开了。走到一楼，她发现雨下大了，变成倾盆大雨，有一些学生和家长在楼道口站着躲雨。她一

过往

手轻轻推开一个挡路的小孩，拉着钱自强就走进了雨中。

"妈，下雨呢。"钱自强说道。

"你有伞吗？"

"没有。"

"我也没有，所以我们只能顶着雨走啰——"

"为啥不等雨停？"

张燕扭头看了一眼被她牵着手的钱自强，努努嘴，对他说："你看那边的家长，他们虽然没有伞，但是他们等得起，但是我们等不起。"

张燕使劲捏着钱自强的手，边走边说："自强啊，有个道理在这里面。就比如现在，我下了班就往这里赶，所以淋了一身雨。再晚一点儿，我还有活儿要干，所以我等不了。其他的家长，要么是有车有伞，他们不怕淋雨，要么是不急于这一时半刻，可以慢悠悠回家，所以他们可以等。但是我们家什么都没有，所以我们必须顶着雨往前走。你明白吗？"

"就是我们条件不如别人，要更努力，是不是？"

张燕欣慰地说："是这个意思。"

"可是……我们条件不如别人，就一定要淋雨吗？"

"我今天听了你的班主任的说法，觉得这所学校不必待下去了。我和你都是有尊严的。我会带你转学。我一秒也不想在这所学校待着，所以只想赶紧走。钱自强，你想在这所

第十一章 洗澡

学校待着吗?"

"我……无所谓……"

张燕听到这句话,突然停住了脚步。她抬起手,一记耳光打在钱自强脸上。

"啪"的一声融化在暴雨中。

钱自强捂着脸,畏惧又委屈。张燕在暴雨中对他喊:"什么叫无所谓?人活一辈子有的东西可以无所谓,有的东西必须有所谓。她侮辱你父亲,这就是有所谓!"

钱自强不答。

张燕继续说:"我之前忙着挣钱,没太搞清楚你在学校的情况。但是现在我要告诉你,人活着除了吃喝拉撒,还有更重要的,就是尊严。人可以缺胳膊少腿,但不能没有尊严,没了尊严就是一只动物园里的猴子。"

钱自强挣脱了张燕的手,在雨中站住,哭着说:"可是同学们都看不起我,都骂我打我欺负我,这算是有尊严吗?"

张燕一把抱住钱自强,贴在他耳边说:"对不起,是妈妈的错。我没能给你更好的生活。"

钱自强看见母亲双目紧闭,似乎在流泪,似乎又没有。

"但是从现在起,你的尊严要靠你自己去挣,自己去拼,自己去抢。"张燕接着说,"有的小孩现在不过是父母给了好的条件,这有什么用?没用!只有你靠自己争口气挣到的尊严，才是真正的尊严。只有你自己强大起来，别人才欺负不了你！"

钱自强心脏怦怦跳，这些道理妈妈之前都没和他讲过。他眼睛直直地看着妈妈。张燕缓缓蹲下，从头上摘下塑料袋，套在钱自强头上系好。钱自强这下看清楚了，妈妈确实流泪了。

随后，张燕紧紧地捏着钱自强的手，在后面的家长的注视下，他们母子一起大步走在雨中。钱自强只觉得脚步如此轻快，似乎有一个之前看不见的世界在向他缓缓打开，那个世界里，他不再遭到同学的欺辱和老师的鄙夷，他一个人挺起胸膛，抬起头走在大路上。

到家后，张燕让钱自强先把湿衣服全部换掉，接着说："今晚我不去干活儿了，先带你去好好洗个澡，下周一带你转学去。"

钱自强问道："去哪里洗澡？"

张燕挺高兴，钱自强这会儿没问自己"转到哪里"或者"为什么要转学"这种问题。她对钱自强笑着说："去比今天的雨还大的澡堂子洗澡。"

第十二章

陆婉卿

两年后，钱自强靠实力考上了这个城市最好的高中，校址在郊区的新校区。这得益于他后来的刻苦学习。张燕也不再冷漠，时常与钱自强分享自己的见闻和想法。张燕后来的口头禅是："自强，你得争气啊。"这似乎是很平淡的一句话，不过每次说，都能把钱自强拉回那场暴雨，鞭策着钱自强好好学习。

走进高中校园的时候，钱自强顿时觉得呼吸顺畅了很多，仿佛把那股味道都甩到了自己身后。高中看上去像是一个更广阔的天地，他可以大有作为。在他的想象中，虽然有更多的课业，但是也有更多的活动，更好的同学，更自由的风气。他的身体也在茁壮成长，开始显露喉结和肌肉。他也观察到女同学耸起的胸部，白白的小腿。这让他心跳加速，口干舌燥。他不太知道为什么，也不敢盯着看。但是最美好灿烂的青春时光确实像一个不讲道理的查房警察，大力敲开了他的房门，走进了他原本单调的生活。

在班上的女同学中，他第一时间注意到一个叫陆婉卿的女生。这个名字和她的人一样令人惊艳。她当然很美。当钱自强第一眼看到她的时候，心中突然有了一个感悟：原来真正的美人都是从眉眼开始的。看着她，一定会先看到她眉眼间的那层雾气，想抓却又抓不到，想瞧明白却又瞧不明白，结果他像无助的水手被吸入旋涡，没法挣扎。只要她出现在他的视野里，原本透明的全世界像被点了一滴红墨水，慢慢洇染成一片红。世界只有红，红中只有她。盯久一点儿，他的心脏怦怦跳，那是摄人心魄的美丽在肆意惩戒所有窥视者，也是无可救药的少年的自我鞭笞。钱自强爱上她了，虽然他时常安慰自己这应该不是爱，而是因为"陆婉卿长得还可以"。

陆婉卿本人并不知道这些。从她的眼睛看出去，世界千篇一律，父母的期盼、旁人的关注、异性的爱慕、同性的惊羡，没有哪一样对她而言是陌生的。她感觉自己像一朵被精心呵护的玫瑰花，她的成长要回应人们的期待。她虽然知道自己是幸运儿，但也敏锐地体会到了幸运儿所遭到的诅咒。这一切让她时常感到无聊，她并不总是笑。

第十二章　陆婉卿

钱自强入学没几天,课本还没领到就先领到一个看不见的安装在心脏上的除颤仪——"陆婉卿"三个字就是唯一的开关。每次别人喊这个名字,都让他一惊。军训的时候,可害惨了他。点名的时候一般人都竖起耳朵听自己的名字,钱自强听两个名字。

教官喊道:"陆婉卿!"

钱自强大喊一声:"到!"压过了陆婉卿本人的回应。

教官走到钱自强面前,盯着他的喉结说:"你小子叫'陆婉卿'?"

钱自强咽了一下口水,说:"不……不……是我听错了。"

教官说:"那你叫啥名字?"

钱自强回答道:"我叫钱自强。"

教官挺有幽默感地拍拍钱自强的肩膀,说道:"你叫钱自强,她叫陆婉卿。自强啊,要不咱抽空去测下听力。我怕喊你卧倒的时候你蹦起来了。"

全班都笑了,陆婉卿也笑了一下。钱自强看到了陆婉卿的笑,他开心死了。

军训结束之后,周五下午放学的时候,学校门口停了很多车。钱自强出门的时候,看到陆婉卿上了一辆很干净透亮的黑色轿车,车轮子很稳重,载着陆婉卿远去了。钱自强忍不住一直盯着车消失在远方。钱自强在路上深一脚、浅一脚

过往

地走着,也不知道在想什么。他需要走很长一段土路,然后坐公交车回家。

开学一段时间之后,同学之间熟了,钱自强也了解了更多关于陆婉卿的事情。她是文艺特长生,特长据说是舞蹈和主持。问她会不会什么,她都回答"会,但是不精通"。至于到底是真不精通还是只是谦虚,目前还没人知道。后来钱自强隐约得知陆婉卿喜欢文学,尤其喜欢张爱玲的小说。

为此,钱自强在一个周末想去翻翻张爱玲的小说,看看能不能找点儿共同话题。他在城市中穿梭,最后找到一家看着挺漂亮的书店,推开门进去了。他绕着吧台走了一圈,似乎没看到有人在。他左看右看,才看到一个盯着他的胖子。

那个胖子说:"你好,需要什么吗?"

钱自强回答说:"我先看看。"

胖子回道:"好的。"

钱自强此时却忍不住细看那个胖子,总感觉怪怪的,又说不上来。他在书店吧台的对面慢慢地踱步,双臂丝毫不摆,面无表情,像一个皮影戏的纸人在飘。他顶着一个油头,挂一个圆圆的眼镜,套一件画着哆啦A梦的T恤。T恤偏小,把他勾勒成一个中国传统的紫砂壶,很饱满圆润。下半身穿一条七分牛仔裤,蹬一双盗版的洞洞鞋。整个人映入眼帘,倒像是日本动漫中打酱油的配角,漫画家也不愿意多费笔墨

第十二章　陆婉卿

那种，几根简单的曲线一汇聚，就诞生了他，出场和退场往往在同一集。

这家书店的店员还挺有特色啊，钱自强想着。他来这儿要干吗来着，对了，是找张爱玲。他找到胖子，问："你好，请问有张爱玲的小说吗？"

那个胖子回答道："好像有，我找找。"然后搬起一个小椅子在文学区书柜上找起来。找了半天没找到，慢慢从椅子上下来，"稍等一下，我去查一下。"他走进吧台，趴在电脑上一顿查询，最后说，"对不起，好像之前卖掉了。"

钱自强无奈，好吧，来都来了，看看有没有差不多的书吧。他想着，陆婉卿还可能喜欢什么书呢？他想了一会儿也想不出来，就问胖子："你好，那请问有什么和张爱玲的书比较类似的书吗？"这里显然把张爱玲当成了一类书的集合体，钱自强实在不是很懂张爱玲到底是个什么样的作家。

胖子想了一下，用手指在他光滑的嘴角上捋了一下不存在的胡子，最后手指挠了挠下巴，说道："张爱玲……我想想……"

钱自强此时突然看到一本托尔斯泰的《复活》，他知道这是本名著。但是看到厚厚的一本，他觉得肯定很贵，顺口问胖子这个书是讲啥的。

胖子说："这是俄罗斯作家托尔斯泰写的最后一本小

说……写了一个贵族强奸了一个女子……其他的，我也有点儿记不清了。"说着，他伸手要把这本书从塞得很紧实的书架中抠出来。书卡得很死，半天抠不出来，他白白的手指像只虫子在书上爬着。

钱自强忙说："不用了，我不买这本。我写作文用不上。"

胖子"哦"了一声，然后说："这些拆了封的书你都可以看。"说完就一步一步踱远了。

钱自强随便找了一本拆了封的，翻了翻，看不太懂，就又塞了回去。然后慢慢往前走，看到这个书柜似乎全是诗歌和小说，就止步于这里，一本本看过去。他看得眼花缭乱，实在挑不出来。同时，他又很在意价格，于是只好一本一本看简介，如果是拆过封的，就翻看一下内容。他最后只选了一本开本很小的拆过封的小说。书很新，里面的文字读起来倒是很像那个味道。

在接下来的周末，他如果有空都会去书店翻翻看看。算是开了一个头，开始阅读一些他从来没有读过的书。虽然阅读以一个明确的目的开头，但是后来他确实逐渐爱上了读书的感觉，什么书都看一点儿。

过了几周之后，开始进行考试。钱自强的成绩算是中等稍微偏下。当他看到陆婉卿的成绩虽然不是一二名，但也比较靠前的时候，内心像被什么刺痛了。他很努力地学习，但

第十二章 陆婉卿

是确实和其他同学有一定差距。

有一堂英语课,老师要求大家就用课堂的时间背诵一段文章。钱自强焦急地翻开书,他要先把书上的内容读顺溜了才行。第一行就遇到一个不知道怎么读的单词,他赶紧翻开字典开始查。等他好不容易查清楚了整篇课文怎么读,第一个同学已经上去背诵了。钱自强看着那个同学往讲台上走的背影,感觉异常惊讶,怎么能这么快?可是从这个同学开始,一个个同学如流水般上去背诵了,钱自强的惊讶变成了羞耻。他更加使劲地看课本上的单词和句子,把全部的劲都用在眼睛上,像是要瞪穿纸页。可是在钱自强眼中,纸上的段落变成了句子,句子变成了单词,单词变成了字母,字母变成了单调的循环,又把他困住了。

最后下课的时候,只剩下钱自强等几个人没背完。英语老师让他们自己利用课间时间去办公室背诵。钱自强一节课都在背诵和忘记之间反复拉锯,到这时好像连第一句话都忘了。

钱自强想起自己初中时根本没有这些,似乎课文背诵只是一场游戏,过得去就过去,过不去就算了。钱自强严格要求自己,所以最后也磕磕绊绊地过去了,却从来没有当回事儿。他忍不住问了坐在附近的一个背诵很快的同学:

"我特别好奇,你咋背得这么快啊?"

"就……读几次顺溜了,就上去背了呗。"

过往

"啊？就读几次？"

"之前养成的习惯吧。我们初中也要求背诵这些。"

"我上初中时也要求背诵，但是都很短。"

"那样没有效果，我们初中就要求长篇大段背诵。这篇课文算很简单的，之前初中有一篇是讲一个人收拾桌子，什么瓶瓶罐罐，然后一会儿把这个拿过去，一会儿把那个拿过来，真的好乱好难背诵……"同学说罢笑了一下，"当时背那篇真的好惨。不过那个时候老师会告诉我们应该怎么背诵，比如怎么分解句子，提供了几个背诵的方法吧。很多同学试过之后都找到了适合自己的背诵方法，再背诵几次之后就熟练了。"

"啊，我初中时没有这些，现在我也不知道咋背诵。"

事后，钱自强仔细想了一下两者的区别，似乎那些从好初中出来的同学会把学习这个复杂的过程拆解为一个个基本动作，然后进行有针对性的训练，而自己则主要靠使蛮力。他隐隐约约觉得这样似乎不行，但是又不太清楚应该怎么办。钱自强读初中时稍微厉害一点儿的学科是数学，在那所中学里面，他经常在数学考试中独占鳌头。在最开始的时候，每个人填写一些个人资料。他大胆地写上了自己擅长数学，曾经担任初中数学科代表。班主任也没有细想，就安排他当了班上的数学科代表。但是在高中，他发现有一些偏科的怪才

第十二章 陆婉卿

存在,他们时常占据接近满分的位置。他非常焦急,结果这种焦急直接沉淀到了数学考试的考场上。开考的时候,他就开始着急了。他想,这次一定要好好发挥!但是他又忍不住想,要是没发挥好的话……前面做得很快,到了最后几道大题,一旦想不出答案就着急,越急越想不出解法。最后,前面的部分因为做得太快,马虎丢了不少分,最后的大题又没做出来。数学成绩只属于中等靠上一点儿。张贴出月考成绩的时候,他从第一名看起,前边往往还是那几个人,一点点往下看去,一点点开始失望起来,心中又有一股不服气的怒火慢慢烧起来。最后,他一般是在中间偏下的位置发现自己。他经常摇摇头后走开。哪怕是他擅长的数学,他也常常望着怪才们叹息。

钱自强努力地学着,同时他还是以"语文需要阅读量"为理由说服自己有空多去书店看看书。学期过半的时候,学校组织了一场文娱活动,陆婉卿在主持人和舞者中犹豫了一下,最终选择了后者。其实这两个,她都不想选,只是班主任要求她必须选一个。对高中班主任来说,任何活动都是战场,可以多上,不可少上,少上可是态度问题。

钱自强当然啥节目也没报名。班主任不怪他,知道他家的情况。活动开始那天,所有人都挺高兴的。毕竟对于高中生来说,不学习而去参加活动,是一种放松,算是对紧张的学习生活的一种调剂。学校的多功能厅里排起了长龙,钱自强就在这长长的队伍里面，缓缓地往前行进。

当然，兴奋归兴奋，钱自强还是带了一小本英语单词去现场。很多同学和钱自强一样带着点儿书进去看，能认真看完全程的同学并不多。在婉卿的舞蹈之前的所有节目，钱自强都在试图背单词，但是实际上他并不太能背进去。来回巡视的班主任、活动现场的噪音、心中对陆婉卿的期待，全部都是他背诵的拦路虎，左右拉扯着他的心。背着背着，他会从单词联想出去，回过神的时候才发现时间已经过去了好久。

陆婉卿终于登场了。她穿着绿色的舞蹈服装。聚光灯从正中打下来，让她变成舞台上唯一的主角。音乐舒缓，她开始跳舞，长长的水袖在转圈飘动。后来音乐渐渐激烈，她也激烈地舞蹈起来。她跳舞非常漂亮。

钱自强突然感觉很奇怪，他看不进去陆婉卿的舞蹈！他很使劲地看着舞蹈，舞蹈却变成了一团花花绿绿的光斑，让他眩晕出神。他往左看，左边坐着一排同学。舞台的灯光印在一张张脸上，所有人都显得油光满面。往右边看，也是这样。每个人的脸都出奇地一致，好像都看呆住了。钱自强在这样的环境中，突然涌起一种孤独感。当他悄悄看着陆婉卿的时候，是一种独占，而此刻，却是所有人对美的共享。当他发现这一点的时候，他就对陆婉卿展现出来的美丽提不起兴趣了。当他发现舞蹈可以让所有人都陷进去的时候，他心中悲痛欲

第十二章 陆婉卿

绝。难道所有人都可以欣赏她的美丽吗？当自己对美丽的独占汇入了大众的视线洪流，陆婉卿眼中那一层让他如痴如醉的迷雾竟似乎散去了。

整个活动结束之后，大家开始退场，钱自强陷入了发呆中。接下来，很多同学都去吃晚饭了。一些学生会的干部留下来打扫会场。陆婉卿因为穿了舞衣化了妆，还需要去换衣服卸妆。钱自强陷入了巨大的纠结当中。他应该此刻去和陆婉卿找个由头搭话聊聊文学吗？陆婉卿会怎么看待他？是否会是一个负面的印象？像是假装成熟的小大人，或者假装忧伤的伪诗人？更重要的是，他还喜欢陆婉卿吗？钱自强就这么静静坐在自己的位置上，眉头紧锁，额头上有细微的汗珠，内心被无数问题拷问。

他感觉有人走近，睁开眼睛的时候发现正是陆婉卿。他诧异地看着陆婉卿，用手肘在椅子的扶手上一撑，把身体立了起来。

"你在干啥呢？怎么还不走？"陆婉卿手上拿着一个包，轻快地说。

"啊……我……我在回味你的舞蹈。"钱自强这么回答道。他现在更迷糊了，陆婉卿为什么会走到他面前？他为何又下意识说出了这个虚伪的答案。前者让他迷惑，后者让他自责。他不应该如此欺骗她，可是又有什么看不见的东西让他下意

过往

识就这么说了。

"哦。"陆婉卿神色淡淡的。

钱自强看向会场,发现原来只剩下他一个人了。他一个人孤零零坐在多功能大厅,像一个找不到接头人的间谍。班上的文娱委员陆婉卿也许是以为他出了什么事情,或者睡着了,才有此一问。钱自强突然听到了内心的声音:告诉她。

此时陆婉卿正在离开,已经走出几米开外。

钱自强憋足了勇气开口说:"陆婉卿!我说的回味你的舞蹈是骗你的。我不知道为什么,全程没看进去。我觉得很奇怪。大家都看进去了,我却怎么也看不进去。你懂艺术,请问,这是我的问题吗?"

陆婉卿回头愣了一下,然后说:"我表演完谢幕的时候就看到你表情痛苦地坐在椅子上。我还好奇为啥你看了我的舞蹈这么痛苦呢。"钱自强听到这个说法如释重负地松了一口气,他总算知道了陆婉卿问他的原因。

陆婉卿接着说:"舞蹈带给每个人的感受各不相同,不过一般——"她微微笑了一下说,"一般不会有你这么痛苦的。"

钱自强开口说道:"我不清楚,但是我读小说比较多,可能是习惯了文字的表达方式。看着舞蹈激烈的表达会受不了?"钱自强说出这句话的时候,第一时间的感觉是兴奋!他成功把话题引到了文学上。接着又觉得有点儿不安,这么

第十二章 陆婉卿

说话好像下套子。钱自强抓了一下椅子的扶手。

陆婉卿瞧了钱自强一眼,然后淡淡地说:"哦。"说罢,竟头也不回地去了。

钱自强陷入了巨大的自我怀疑中:是我搞砸了什么吗?她为何没有和我讨论起文学呢?陆婉卿走出去之后,多功能厅空无一人,巨大的安静和黑暗笼罩了他,他陷入了更深的自我怀疑中。同时,他全身的力气也似乎耗尽了,身体彻底瘫倒在椅子上,太累了。

钱自强晚饭都没怎么吃。上晚自习的时候,他心不在焉地在纸上画画。他觉得自己可以接受陆婉卿完全不搭理他,也可以接受和她聊不到一起去,但是一场看着好好的聊天完全没道理地突然中断,他就难免纠结,一定要想出个可以解释的理由不可。难道是消息有误,陆婉卿并不喜欢读小说?可是钱自强偷偷看过陆婉卿的作文,她确实引用了很多名言,也用过一些作家举例子说明。难道是他太刻意了?那句话真的刻意吗?说的什么来着,他回想着。

"我读小说比较多,可能是受不了舞蹈?"

天哪!这会不会让她以为我讨厌舞蹈啊,那她肯定觉得很无聊无趣,不会和我多说什么了。我应该说:"我理解不了舞蹈的表达。"这样会不会好点儿?还是应该直接说:"舞蹈太震撼了!我被震撼住了。"可是一开始又说的是"我怎

过往

么也看不进去",这怎么圆回来啊,好难受,好痛苦。

实在看不进去教材,他想起了书包里面还有一本小说——张爱玲的《红玫瑰与白玫瑰》。他看了一眼讲台,上面不是班主任,也不是其他任课老师,而是学习委员。他又看了一下教室后门,没人。他的位置是很安全的,身后还有好几个同学。他需要用身体尽量挡住从背后射过来的目光,然后时刻注意前门,还有同学们的反应。他转身在书包里翻找,假装拿书,把小说塞到宽大的语文习题册里面,然后一起拿出来。拿出来的同时,忍不住再次检查了后门、前门、埋头学习的学习委员,一切安全。他摊开语文题册,先翻开第一页。然后往身体的方向拉了一下,让书本斜靠在课桌边缘。往后翻,翻到小说那里。

这时,从前门看过来,他在看语文题册;从后门看,只能看到他的背。他得意地抿了一下嘴唇。

在高度紧张的环境下看小说,一些人受不了,一些人倒挺享受的。钱自强属于后者,他阅读的时候,有一种越过禁忌红线的快感。钱自强知道,实际上老师也正是凭借这种快感映射到人脸上所流露出的不正常表情,来快速定位"嫌疑人"的。所以他努力让面部肌肉放松一些——在这种情况下读小说,最忌讳神情太紧张,因为没有谁会对着语文习题册露出如临大敌的表情,除非是外国人。

第十二章 陆婉卿

　　看着这本小说开头的文字，钱自强又开始胡思乱想：陆婉卿一定就是他的"白月光"了，会有变成饭粘子的那一天吗？谁又是他的"朱砂痣"呢？还是说陆婉卿才是他心口上的"朱砂痣"？那谁又是"白月光"呢？还是应该问，他一生中真的会遇到两个女人吗？可是他又时常自惭形秽，他配得上人家吗？也许"白月光"和"朱砂痣"，他都不会拥有呢。

　　这是在那场雨之后，钱自强再一次感受到强烈自卑的时刻。本来他自以为已经强行压抑住自卑感，说服了自己不管不顾去奋斗，但是在某些瞬间，他又会有一些动摇。所谓的奋斗，真的能弥补那些早就决定了的巨大的缺憾吗？他的同学们从小被培养出来的高效的学习方法、出生就有的极高天赋、用财力和精力灌溉出来的艺术才能，甚至是那种不担心吃穿，永远有退路的人才拥有的潇洒笑容……就算他现在奋起直追，也没有办法在青春期内变成一个优秀得令人瞩目的人了。可是如果不够优秀，那就注定会错过一些东西了吧。也许"白月光"和"朱砂痣"都存在，不过在自己的生命里，也都只是流星一闪。真正伴随自己的，不是玫瑰，而应该是虎皮兰一类的东西吧。不要求环境，也不太好看，随便一栽就能粗粝地活着。

　　那这虎皮兰应该比喻成什么呢？虎皮兰应该就是深夜回家打开灯时，和灯光一同亮起的那双关切的眼睛，又或者是厨房烟气后面那个忙碌的身影。可你每天看到虎皮兰，就会不再感动，只说着"你干吗不去睡觉，吓我一跳！"或者"肚子饿了！快做饭！"心中却在幻想着那美丽女子的味道。选择了美丽女子，回到家，进门时低头看着自己乱糟糟的鞋子，却又瞬间想起了她低眉的温柔。

钱自强笑了笑，又摇了摇头。

教室里突然一阵骚动，教语文的王老师进来了。在黑板上布置了一个作文题目之后就又走了。这个来去如风的男子，所有动作一气呵成，连一点儿气味都没有遗留在教室里。如果不是黑板上的字，真会让人怀疑，刚才的一切是不是幻觉。钱自强此时内心苦闷，拿起笔和纸就开始写，把很多所思所想都直接写了上去。他用三毛和荷西的爱情打底色，引经据典，张爱玲和林语堂的例子都被引用过来，最后用南唐后主李煜的诗完成了收尾。他审视自己写下的字句的时候在想，可惜读的书还不够多，否则也许能找到更准确的例子。这是为数不多的几次之一，他在作文中写自己，而不是和题目纠缠。

当然这件事的结局也是震撼性的。晚自习还没结束，王老师就带着一身怒火冲了进来。他说道："钱自强！你个瓜娃子！我跟你们都说过了嘛。"

然后他环视了四周，使劲敲了一下讲桌，吸引了全部人的注意力："我再说一次，不准，绝对不准在作文里面写爱情！钱自强你想用你的高考成绩开玩笑的话，你就尽管写好了。"

第十二章 陆婉卿

全班闹成一锅粥。一些好事儿的同学大喊:"读!读!读!"

王老师扭开了不锈钢茶杯,喝了一口,说:"你们闹啥子!"然后又用稍微平缓一点儿的语气说,"钱自强啊,我看了你的文章,你写得还是不错的,但是爱情是真的不能写。你不要在这上面开玩笑啊——你娃是不是想搞怪?"说到最后又变得严厉起来。

和小学、初中时不同,钱自强对王老师的怒吼只感到一丝想笑。说实话,场面有点儿滑稽。他张口说了一句:"我……"

王老师气极反笑,说:"你啥嘛你,来,你来说下,钱大才子,你说下你的创作意图。"

钱自强开玩笑地说:"我这是严肃的文学创作,核心主题是生命,不是爱情。"

王老师有点儿无语。他直接招手:"来,钱大才子,来我办公室,我和你谈诗论道,把酒夜话。"

班上笑得更大声了。

钱自强那周回家的时候,问母亲张燕:"妈,什么是喜欢?"

张燕说:"你怎么突然问这个问题?你喜欢上哪个女孩子了?"

钱自强说:"也许是的。"

张燕说:"喜欢就是……你想没理由地对她好。不过我

过往

得告诉你,你正在上高中,还是要好好读书,你知道咱们家穷,你没钱也就没法给别人好的生活。你喜欢可以,不要谈恋爱,不要影响学习……那个女孩啥情况?"

钱自强说:"她很漂亮,很有才华。"

张燕说:"就这些?"

钱自强说:"她眉眼间好像有一层雾气。"

张燕哈哈大笑,然后说:"这差不多。记住我说的,别谈恋爱啊。"

钱自强讪讪地说:"就算我想……就算我想,估计人家也看不上我。"

钱自强压抑着自己对陆婉卿的爱恋,一心投入到学习中。升入高三后,他的排名又下滑了很多,几乎到了最后那一批。

一次月考结束,成绩排行榜又贴出来了。这一次,钱自强从最下面开始往上看,一下子就在最后几名的位置找到了自己,他更失落了。每个人都拿到了一份打印的详细排名的单子,里面写清楚了每一科的分数、平均分等内容。钱自强把这个单子仔仔细细地对折到很小很小,塞进书包,回家去了。在回家的路上,他不停打开看,又折回去。

张燕等他一进门就问:"情况怎么样?"

他不出声。

"到底怎么样?说话呀!"

第十二章 陆婉卿

"不……不好……"

"唉——有多不好?"

他还是不吭声。

"直接把这次的成绩单给我看。"

钱自强在书包中慢慢翻找到了已经揉得不行的成绩单,递给了张燕。张燕接过这张成绩单时,愣了一下,随后就打开了,在最下面找到了钱自强。她表情扭曲地说:"娃呀!你——你怎么越考越下去了呢?"

"我……"

"自强,你到底怎么回事啊?"

钱自强无言以对。

"自强啊,读书是我们家唯一的希望啊!你要把心思放在读书上啊!你是不是还在喜欢那个女生,谈恋爱去了?"

"没有!我没有谈恋爱。我就是……就是不知道自己的成绩怎么才能上去。"

"怎么会呢?"

"之前我成绩还可以,是因为在其他同学休闲娱乐的时候,我都在努力学习。"

"那不挺好?你高三怎么松劲了?自强啊,关键时刻可不能掉链子啊!"

"不是的……高三变了。"

过往

"高三变啥了？不还是和之前一样努力就行了？"

钱自强长叹一口气，他说："唉，高三真的和高一、高二不一样了。像高一、高二，会有一些同学很聪明，但是没有把全部时间都花到学习上，而是一边学一边耍。我之前成绩还可以是因为我没有娱乐，除了偶尔去书店，其他啥活动都没有，全部心思都在学习上面。所以我可以用额外的时间去弥补很多学习技巧和天赋上的很大的差距。唉，可是高三不行了。到了高三，平时看着懒懒散散的同学都开始努力学习了。我那些额外的学习时间，他们也在学。我觉得我学得已经够晚了，有人比我还晚。"说罢这些，钱自强停顿了一会儿，接着说，"但是，我的学习方法上好像有点儿……问题。无论我怎么追赶，就是不如别人学得快。高三都在努力学习，这个问题暴露得更严重了。也许，这就是天赋上的差距，我可能……不是读书这块料。"

张燕说："那你想个办法解决这个问题啊！除了读书，我们家没别的路可走啊！"

钱自强说："我当然想解决！但是我确实不知道怎么办啊，没有人可以帮我啊。别人的学习方法我学不来。有一些同学是在初中，甚至小学，就被培养出很好的学习习惯。但是我没有这些啊——我小学初中时都没有这些。"他叹了一口气，"我没办法。"

第十二章　陆婉卿

张燕陷入了沉默，她不懂这些。

安静了半晌之后，钱自强说："算了，不说这些了，我先去吃晚饭。"

张燕突然说："等下！"然后从荷包里面摸出了一些零钱，抽出其中一张递给钱自强，"我晚上去上夜班，这些你拿去，晚饭……吃好点儿。"

钱自强应了一声就拿着钱下楼了。他此时心里想着，照这样下去，自己应该会去某个很一般的大学读书吧。他摇摇头，努力摆脱这些想法和背后深深的无力感、恐惧感。

夜晚城市的天空被路灯染黄。钱自强才坐下，就看到对面桌子上有个小老头儿一直在看着他。那个小老头精瘦，脸黑黑的，龅牙，整个嘴是凸出来的，实在是有点儿像猩猩。钱自强被他盯得很奇怪，就也盯着他，可是越看越奇怪，似乎在哪里见过这张脸。突然一个念头闪电般击中了钱自强，这张脸的一些地方和自己好像！虽然自己没有他那么丑。难道他和自己有血缘关系？他和钱多宝有啥关系？总不可能他就是钱多宝吧，可是妈妈不是说钱多宝已经死了吗？这个小老头看着钱自强，突然笑了，招招手让钱自强坐过去。钱自强坐过去之后，直接开口问道："你是钱……你叫钱多宝？"

这个小老头儿哈哈大笑起来，似乎听到了一个天底下最好笑的笑话，好不容易止住笑，说："我哪里是钱多宝哟，我叫李乾坤，是你爸！"

"李乾坤？我不认识。我叫钱自强，我爸是钱多宝。你是谁？"

李乾坤接着笑出了声，说："哎哟——看来张燕对你扯谎了。"

此时钱自强才闻到李乾坤嘴里的一股酒臭味，是比汗臭更让人厌恶的气味。钱自强稍微皱了一下眉头，感觉这个人不像是在说谎。他也很想知道自己的一些身世情况，之前他妈妈说的时候多少有些语焉不详。但这个人身上一直流露出一种让人厌恶的气息，不仅仅是酒臭味，还有一种天生的阴险卑鄙和恶毒。他的目光一直老鼠般乱窜，似乎他看到什么东西，就有不幸的事情要发生在那个东西上。

"要喝点儿酒不？"李乾坤说完转头对着老板喊，"老板，来一瓶'歪嘴'。"

"我不喝。"

"嘿，简直和钱多宝一个样子，酒都不喝，都不晓得张燕怎么养你的！"

钱自强有点儿生气，大声说："你到底是哪个，不准你乱说我妈！"

"哎呀，莫急嘛。我来慢慢跟你说我是哪个。"李乾坤说完这句话，又不再开口，像是要等钱自强更着急，他才愿

第十二章　陆婉卿

意说出口。这一般是地痞流氓习惯的说话方式,他们没有太多高级的娱乐,于是喜欢在可以榨出低劣快感的地方去放纵游戏。一辈子的流氓李乾坤已经把这个习惯刻入了下意识的动作里。他举起酒杯,把猩猩一样的嘴唇伸出来拱了一点儿酒回去,然后又仔仔细细地舔了一下嘴唇,舔完之后还一直在小声吧嗒嘴。

钱自强非常讨厌这个人,哪怕还没有深谈,就已经非常讨厌这个人了。他说:"你是不是喝醉了来寻开心,你不说我走了。"说罢,一下子站起来准备走了。

李乾坤突然一把抓住了钱自强的手腕,很用力,瘦黑的手臂上筋肉虬结,像扭曲的一束钢筋,手掌粗糙,上边全是老茧,磨得钱自强生疼。

"站住!我可没喊你走。张燕是咋教育你的,连尊重老子都不晓得了!"李乾坤眼睛一亮,恶狠狠地说。然后,他又换了一副口气说道:"来嘛——坐,坐,我几句话就说完了。"

钱自强压抑着内心的怒火慢慢坐下,直视着李乾坤的双眼,神色上又有几丝轻蔑与不屑。

"简单来说,你妈啊,也就是张燕,年轻那会儿和我,还有钱多宝,都在熊家坪。然后钱多宝和张燕结婚很多年,无论如何就是生不出小孩。村里面的人都晓得是钱多宝身体的问题。小时候我们调皮,整了他一下。哪个能想到呢,居

过往

然就生不出了。你说是不是很有意思？"李乾坤说完，又伸出嘴去舔酒，低头的时候阴毒的目光又迅速点了一下钱自强，喝完这口酒之后眉毛一挑，接着说道，"嘿嘿，然后我就欺负了一次张燕，也就有了你。"

钱自强听到这里的时候，只觉得一怔，随后天旋地转。他听到李乾坤接着说："你真的不晓得啊？张燕一直跟你说你是钱多宝的种吗？我告诉你，你不是钱自强，你是李自强。你是我李乾坤的种！"

李乾坤露出得意扬扬的表情，而钱自强脸上什么表情都没有了。

"我这次来找你们，主要是想在城市组个家庭。我爸死了，我在农村也没啥盼头了。我来问下你……"李乾坤话还没说完。钱自强大叫一声，一手把桌上的"歪嘴"、筷子都打翻到了地上，然后跑远了。

李乾坤心痛地大喊道："嘿！酒！老子的酒！"

张燕傍晚回到家的时候，发现钱自强呆坐在椅子上。灯开着，他却一脸呆滞，没有写作业。张燕问道："自强，你怎么了？"

钱自强不答。

张燕走上前去，用手在他眼前晃了晃，说："怎么了？被陆婉卿伤心了？自强啊，高中要好好学习……"

第十二章 陆婉卿

话没说完,钱自强一下拍开她的手,然后深深埋下头。

张燕有点儿生气,但是转念一想,这种事情,她也安慰不了他,说不定让他哭出来反倒好一些,就去忙别的去了。

钱自强时时刻刻想问个明白,但是又不知道如何开口。他看到李乾坤的长相,再结合自己成长过程中的一些感觉,内心已经有了答案——他似乎确实不是钱多宝亲生的。至于细节,他一想起来就心如刀绞。他的亲生父亲竟然是个流氓,而与他相依为命的母亲倒像是个偷汉子之后逃到城市的女人,他自己则是一个杂种。就算他问清楚了这些前因后果又如何呢,不过是自取其辱罢了。在他之前的生命中,他一度很自卑,但是他始终深爱着母亲张燕,她用身体力行的方式教给了他自尊。拥有了这种信念,他可以坦然面对他家里穷的事实,也可以坦然面对他只有母亲没有父亲的事实。因为这些都不是他的错,他可以通过奋斗改变家里的经济情况,母亲也给了他足够的爱,让他茁壮成长。但是这一切,在这一瞬间又整个崩塌了——如果他母亲是个放荡的女人,他本人又是个杂种,那还能有什么自尊可言呢?他曾经可以挺起胸膛无所畏惧地看着那些高高在上的人,但是现在他甚至无法平视那些普通人。在他的整个余生中,"杂种"这两个字都不再是骂人的话,而是他心里深埋的一根刺。

钱自强的成绩一落千丈,整个身体都失去了力气。他提

过往

不起笔，笔尖落到纸上，都在颤抖和徘徊。老师们都急在心里。教语文的王老师也去找他谈心，问他是不是上次批评他写言情，把他气着了。钱自强说不是。王老师也无言以对，只说了一些安慰的话。

在一个考试间隙的晚自习，温柔的化学老师坐在讲桌上批改作业。他实在是心里闷，就和老师说上厕所，溜了出来。

在偌大的校园里面，他绕着围墙散步。走着走着，他就走到了远离教学楼的地方。他站在黑夜中因模糊了边缘而显得辽阔的操场的对面，遥遥望着教学楼。教学楼的轮廓几乎已经隐藏在夜色里，但是每个教室中都闪出刺眼的白炽灯的光。这些白光连成一片，倒是一片星光灿烂。操场上竖立的高高的巨大的照明灯，孤零零地亮着，像夜空中冷冷的太阳，照看着这片天空、这片操场、这栋教学楼，还有他的影子。

钱自强脱离了令他喘不过气的氛围，坐在水泥路阶上，看着这无人共享的静谧的景象，陷入了沉思中。他畅想着银河与宇宙，幻想着外星人，又想着，此时有多少人在看星空呢？

不知过了多久，一阵铃声又把他的思绪从无限遥远的地方拉了回来。他深吸一口气，开始思考自己的未来。想了一会儿，他就痛苦起来，眼睛紧闭，眼皮起伏。关于未来，他最近一直在琢磨一个事。当他把前因后果又想了一下之后，终于做下出了这个决定。这是他人生中第一次在关于自己的

第十二章　陆婉卿

重大事情上做决定。

正在这时，远处传来声音，钱自强没理会。如果可以的话，他希望自己是今夜唯一的观星者。他仔细品味着这丝孤独。

"钱自强，你怎么在这里？"

是陆婉卿的声音！

陆婉卿还是陆婉卿，只用一声轻呼就黏合了这个破碎的夜晚。

钱自强在纠结又痛苦、心绪奔腾的此刻，终于听到了自己内心的声音：你喜欢陆婉卿哟。没错，虽然我也并不十分清楚爱情的准确含义，但如果是陆婉卿，那我可以说，我爱她，我真的爱她，我想大喊，我想尖叫，我想告诉全世界，我爱她。我知道这种爱是幼稚的，我知道这种爱是青涩的，我知道也许未来有一天我会笑着摇摇头否认和推翻自己对陆婉卿的爱，轻轻地说"那时幼稚"，但不是今天，不是此刻。现在，她用她的存在教给我爱的全部意义，甚至只要是她，那爱是什么都不再重要。

陆婉卿的一颦一笑全部灌入钱自强的心中。可钱自强又确定自己不再有机会了。钱自强紧闭双眼，泪水涌了出来。可除了双眼流出泪水，他脸上又没有痛苦的表情。

"你……"陆婉卿很惊讶，摸摸口袋，找到一包纸巾递给钱自强，"擦下吧。你怎么了？"

过往

钱自强接过了纸，但是没有擦眼泪。他对陆婉卿说："我有几句话想告诉你，你愿意听吗？"

陆婉卿愣了一下说："好……好吧。"

"我喜欢你。我知道你现在感觉很奇怪，我也感觉很奇怪。我用了很长时间琢磨这个问题，我到底是不是喜欢你，今天我终于得到了答案。本来我以为这个秘密会藏在我内心深处，因为你的爱慕者很多，我只是其中不起眼的一个。我想我会用高中三年祝福你，会用一辈子记住你，把你的名字镌刻到我生命中。只是最近我的生活中发生了一件事。它成了压垮我的最后一根稻草，我已经做好了退学的打算。"

陆婉卿惊讶地说："啊？"

"我喜欢你，我喜欢你眉眼间的雾气。我退学之后，也许我们就再也见不到了。所以我必须自私地告诉你，我喜欢你。对你来说，是'我喜欢过你'。高中的时候，有一个默默无闻的钱自强曾经在人群之中看着你。如果可以的话，请你记住今天，记住此刻，钱自强大声告诉你——"他大喊道，"我爱你！"

陆婉卿的第一反应是赶紧往左右看了一下，还好，这里比较偏僻，没人。对她来说，只是下了晚自习去小卖部买了点儿零食，准备散散步就回寝室。衣服口袋里面除了纸巾，还有一包凤爪。虽然在她的生命中已经有很多人做过各种傻

第十二章　陆婉卿

事,但是像钱自强这么奇怪这么傻的,也确实少见。她也有些被震撼到,开口的第一句话是:"你……别激动,慢慢说。"

"我想过了,我大概是个傻子。你现在心里应该只有吃惊,其他啥也没有。唉,我也不知道该怎么说。我还有最后几句话。我想,在喜欢你的人中,我的条件应该算是最差的那一个,所以我根本不存在奢望。但是我未来一定会往上走,去拼搏,去奋斗,为了你,也不是为了你。你成了我的一个梦,成了我的一盏明灯,你的名字就是我的憧憬和仰望。但是,我也不寄希望于我们真的能在一起。不过如果我们有缘分在人海中再相见,我只恳求你再给我一次告白的机会。"

说罢,钱自强认真看了一眼陆婉卿,用心记住了她的脸。最后他对陆婉卿说:"谢谢,再见。早点儿回去吧。"然后转身走了。陆婉卿不得不承认他转身的一瞬间还是蛮潇洒的。多年之后,他们确实在人海中再相见了,不过彼时彼刻终究还是比不上此时此刻。

第十三章

亲爹

钱自强退学了。在退学之前,他和张燕爆发了激烈的争吵。最开始张燕当然是坚决反对,当她发现钱自强是如此决绝的时候,整个人直接爆发了。她不停质问,到底是为什么,为什么要退学,要放弃读书,要抛弃她?她流泪了,如果钱自强不读书,那这个家就毫无希望了。张燕坚硬的内心已经只有一个软肋,就是钱自强。

钱自强说:"不,妈妈,不是的,我还是会努力,我想清楚了自己的优劣,刚才道理已经跟你讲了。而且如果要问退学的直接导火索的话……"可他没有往下说去。

"是什么?"

"是李乾坤。"

第十三章 亲爹

张燕听到这个名字，半晌没说话。这是她用小半辈子时间试图逃离的名字，但听到亲生儿子叫出来，她仿佛立即被带回了那个竹林。奇怪的是，她的眼泪停住了。钱自强可以让她心痛难受，李乾坤却不再能了。这个名字带给她的，是无穷的恨。她对李乾坤的恨，丝毫不随着时间的流逝而淡化，反倒像陈年的烈酒。当她又想起这一切之后，变得咬牙切齿，"咻"的一声站起来，大声喝问："你是怎么知道他的？"

钱自强说："我看到他了。他跟我说，我不是钱多宝的儿子，而是他李乾坤的儿子。"

张燕怒极："钱自强，你自始至终都是钱多宝的儿子，不是李乾坤的儿子！你记住了！"

"可是，李乾坤有和我一样的脸，我有和李乾坤一样的脸。"钱多宝说。声音很虚，却又无可辩驳。

张燕痛苦地闭上了眼睛，这一天终于到了。半晌之后，她开口道："自强，我确实没有告诉你全部的事情。过去，我不敢告诉你，也不愿意告诉你。但是今天，我会把一切都告诉你。你坐在这里。"

钱自强坐下了。

张燕开始讲整个故事。她语言直白，丝毫不带任何情绪，只在重要关头稍微停顿一下，就像讲一个与自己毫无关系的故事。连提到"李乾坤"这三个字的时候，神色也淡淡的。

过往

倒是提到她的婆婆王芳的时候,她还是忍不住加重了语气。

钱自强拳头捏紧又松开,接着又握紧,到最后,他也流泪了。他才知道原来这一切竟然是这样。他错怪了他的母亲,他感到内疚。同时他也升腾起了对李乾坤的仇恨,不仅是因为他做过的事情,还有他到此刻的态度,还有他整个人。这样的人为什么能够存在?他又想到了自己。李乾坤虽然是自己生理上的父亲,但绝不是自己的父亲。

"李乾坤不是我的父亲。我没有父亲,我只有你。"钱自强说完,轻轻地说出口,"我爱你。"

张燕轻轻抚着钱自强的头,说:"不,你有父亲,你的父亲是钱多宝。"

钱自强站起来,说:"他是你的丈夫,不是我的父亲。"

张燕沉默了。是啊,钱自强出生的时候,钱多宝就死去了。他缺席了钱自强的整个人生,尤其在他最需要父亲的时候。由于他的缺席,钱自强的人生更加困难迷茫,难免会有怨怼发泄到他的父亲身上。钱自强为何一定要尊重一个一面未见的人呢,难道就因为这是他名义上的父亲?张燕瞬间想到了王芳,那个极其传统的女人,在传统中被伤害,又变成了传统本身。就像那些在土地里长出来的作物,有一部分永久进入了土地中,年复一年。张燕想,自己也曾经被传统伤害,但是时代变了,她到了城市,接触到了新的东西,有了下一代钱自强,她在

第十三章 亲爹

钱自强身上看到了自尊、坚韧,还有作为一个现代人的自信。她想斩断这根看不见的脐带。作为体验过的人,她再也不想这世界上有其他人接着体验那种痛苦了。她说:"行,随你。"

钱自强突然想到一件事:"我也许应该叫张自强。"

张燕依然没有太多想法,只说:"这些都随便你。"

钱自强说:"那我明天就去办这件事,从现在开始,我就是张自强了。"

不过张燕还是在想他要退学的事情,她近乎哀求地说:"自强啊,答应我,不要退学,好吗?"

张自强说:"不,我已经确定了。"

张燕几乎又快哭出眼泪:"为啥一定要退学呢?你退学……你退学可咋办啊……"说罢,她用双手捂住脸。

张自强说:"不只有读书这一条路可以成功。"

张燕哭出了声,不知道怎么劝她决心退学的儿子。

张自强看着张燕,缓和了语气说:"要不这样,我先办理休学,不是退学。如果混社会混得不行,我就回学校去。"

张燕勉强答应了。对张燕来说,这是无奈的妥协。对张自强来说,其实已经没有回头路了。虽然是这么答应的,但是张自强已经决定了,离开学校去社会上闯荡,绝不再走回头路。他想着,张燕作为母亲的职责到此结束,自己作为儿子的职责从此开始。

过往

张自强当天晚上失眠了，太多的东西进入他脑海里。最后，他使劲摇摇头，想着一定要给母亲好的生活，还有陆婉卿。他一定要混出个人样，只有成功，只有彻底成功，才能让他再次赢回尊严。

第一次穿上廉价西装的时候，张自强在镜子前反复看着自己。虽然这只是这家销售公司给入职的员工里没有西装的人统一订购的最低档次的西装，但穿在张自强的身上，还是带给了他新奇的体验。张自强在镜子面前反复观察自己，左看右看，上看下看，怎么看都像是一个真正的男人了。

公司底薪不高，但是对节俭惯了的张自强来说也不成问题。张自强发现，比起在学校里学习，他确实更擅长和人打交道，小时候的沉默和失语，变成了今天极强的表达欲望。再加上他多少读过一些文学类的书，对怎么说话这件事，虽然尚且少了一些社会经验，但是多了一些"高端词汇"，多少算个潜在的优势吧。

公司给了张自强一堆资料，让他自己销售廉价洗洁精。这个商品对他来说还不错，他从小就在全是农民工的环境中长大，太清楚这些人是怎么想的了。试了几次之后，他索性带着成箱的洗洁精回到他长大的城中村卖。没几天，竟然就卖光了。张自强愈发自信起来。其他人都遇到了或多或少的困难，看他的眼神变得有点儿奇怪，偶尔揶揄他，说他已经

第十三章 亲爹

是"金牌销售"了。张自强知道这是一种危险的信号。他丝毫不敢显露自己很厉害的样子，反倒时常帮和他一样的新人卖各种东西。他认为自己现在谁都不能得罪，他还需要成长。在需要的时候当然可以一脚蹬开这些新人，但不是现在。

和别的销售人员比，张自强的核心优势是比较皮实，从小到大什么欺负都受过了，顾客的白眼他只当瞧不见，一点儿都不往心里去。张自强把外在的尊严全部内化到了内心深处。在零散卖掉一些洗洁精之后，他开始和本地的一些杂牌超市谈，试图升级一下销售方式。

在走街串巷的过程中，他熟悉了这个城市的很多区域。有意或者无意地，他也搞清楚了一个人的生活踪迹。这个人就是李乾坤。有的时候，他看见李乾坤在店里喝酒，下一次路过这家店的时候，就会找机会和老板攀谈一下，聊聊这个人。一段时间之后，张自强大概拼凑出了李乾坤的生活情况。

李乾坤的爹死后，他的生活一落千丈。他家之前在农村结下的仇怨有点儿多，他实在是不好应付，也受不了那个气，就跑来了城市。可是他来了城市没多久，钱就挥霍光了。他没钱就干点儿杂活，有钱就买点儿酒喝，天天泡在汗水和酒里面，醉生梦死。很多人说，这样活着，过不了几年就会死，不是失去劳动能力在街边冻死饿死，就是喝醉之后摔进水沟淹死。

过往

可张自强等不及了。他不能等着这个人快快乐乐毫无知觉地死去，他要给这个人痛楚，让他在痛苦中死去。这个享了一辈子他配不上的福分的男人，如果命运不来收拾他，那就让我张自强收拾他吧。为此，他构思了一个计划。

张自强脑子灵活点子多，见人说人话，见鬼说鬼话，在低端销售里面混得风生水起，钱包里也有点儿可以支配的钱了。他时常给张燕买各种吃的喝的，让她明白他在社会上混得很不错。他还买了一捆绳子、一把刀子放在随身的单肩包里面。他一直在构思如何折磨李乾坤又不把自己卷进去。为了达到这个目的，他甚至在想，李乾坤是怎么想的，什么招数对他有用，什么招数对他没用。

在听不见磨刀声的一个不眠的黎明，张自强认为自己已经做好全部准备了。

一个晚上，张自强正在口干舌燥地和一个超市老板娘谈洗洁精的事，突然接到一个电话。电话那头的人小声说：

"喂，自强兄弟，李乾坤在我这个小吃店喝酒呢。"

"好，知道了，这就去。"

张自强到小吃店的时候，看到了李乾坤。几个月没见，他更老了。如果说之前的李乾坤身上还有那种流氓气质的话，现在的李乾坤几乎只是一个瘪下去的老人了。不知道从哪儿捡来的明显偏大的外套盖在李乾坤身上，在寒风中，他缩紧

第十三章 亲爹

身子,挤在外套的最里面。他的衣服如此坚硬巨大,身体又如此干瘪瘦小,远远一看,简直就像一只缩头缩脑的大乌龟立在塑料凳子上。即使这样,他依然喝着酒,依然是他之前喝酒的动作,用嘴唇卷酒到嘴巴,然后像啮齿动物啃骨头一样细细密密地咀嚼。不过他喝的不再是"歪嘴"了,而是白色塑料桶里面装着的搞不清来源的散装白酒。实在是不堪哪,风光了一辈子的李乾坤今天缩在壳里面了,只有他与众不同的喝酒姿态还有一点点过去的鬼影。

张自强径直走到李乾坤对面,一屁股坐下了。

"爸。"

"唔?"

张自强用手拿起桌子上散装的白酒,看一眼,皱皱眉,转头对店长喊:"哎,老板——拿点儿好酒来。"

店长回道:"'泸州'行不行?我们这儿最好的。"

"不,不要泸州。来——"李乾坤拖长了音调,醉醺醺地说,"来两瓶'歪嘴'!"

"好嘞!"

张自强低头笑了一下,又抬头看着李乾坤,满脸笑容地说道:"爸,我都问清楚了。你确实是我爸。我已经准备改名了,就改成李自强,爸,你看如何?"

"嗯。那你还算可以,晓得认老汉。"

过往

张自强笑着说:"你这说的啥话。我问我妈了,她都认了。咱们爷俩今天好好喝点儿。来——"说罢,把酒杯举了过去。

李乾坤打了一个酒嗝,眼神迷离,脖子伸得老长,呼出一口恶臭之气后,整个人又萎靡了下去,说:"来,干。"

喝酒的时候,张自强一直劝他爸喝酒,自己却一直在躲酒,或者悄悄吐掉。李乾坤本来已经喝了一些,又觉得这个儿子真乖真听话,也好久没喝到好酒了,也就没察觉到这些,不一会儿就更醉了。走的时候,张自强付清了所有账,还帮着还清了李乾坤之前欠的一点儿。

李乾坤点点头,觉得这个儿子真孝顺,自己运气真好。

扶着李乾坤走回他住的地方,张自强认真地在脑中记住路线。走过繁华宽敞的大马路,从一个非常小也非常不起眼的小口子进入一条小巷。挺晚了,巷子口还有两个三轮车在卖卤味。三轮车后面的方形玻璃货柜正上方吊着一盏红色的罩灯,把里面摆着的猪耳朵照得香滑肥软,把夜晚照得迷离。这是贫苦人家嘴巴里面经常欠缺的那股滋味,张自强小时候特别喜欢,现在则觉得太油腻了。

李乾坤盯着猪耳朵不语。张自强立马掏钱去买。李乾坤则一直在对着三轮车老板说个不停,挑肥拣瘦,一会儿这块不要,一会儿那块不要。张自强耐着性子等着。好不容易李乾坤挑完,张自强拿起猪耳朵,和李乾坤一起继续往里面走。

第十三章 亲爹

巷子很黑，两边为数不多还亮着灯的店铺都是麻将店。里面的男人叼着烟皱着眉头眯着眼睛看着眼前的牌桌，里面的女人面无表情地打牌，动作利索。烟雾在狭小的空间里相互挤压，在灯光下现出狰狞的原形。走过麻将店，张自强向前望去，是一段没有路灯照明的路。光线在那里被吞噬，留下让人恐惧的纯黑。

张自强往里面走的时候，一直在压抑一种冲动：直接从包里掏出绳子，在黑暗中勒死李乾坤，又或者一刀捅死他。黑路走起来似乎很漫长，张自强的压抑变成了带着腥气的幻想。他右手伸进包里，捏住刀柄，用左手按住他的肩膀，快速准确地一刀扎进他的腹部。让他为今天喝下去的酒付出惨重代价！张自强想到这里的时候，甚至已经快压抑不住这种冲动了。他开始幻想李乾坤蜷缩在地上痛苦地喘息的样子。反正我也是个杂种，对吧。当他想到自己是杂种的时候，总有一种要豁出去的冲劲。这一瞬间，他没有想起他自己的人生，也没有想起母亲的教导，只回忆起了一种仇恨和附着在仇恨上的快感。张自强的手伸进了包，开始摸刀柄。

"到了，这里。"李乾坤说道。也不知道他是怎么在黑暗中摸到一个比入口还小，白天都难以发现的小过道的。张自强一惊，手立马松开刀柄，从包里抽了出来。

他们继续往里面走，这个小过道中一扇扇窗户透出微弱的灯光。他们走到了底，从左边的一扇木门进去，再走上二楼。一切都黑黢黢的，张自强看不太清环境，但是他心脏怦怦跳。近了，更近了。也许今天是一切的开始，也许今天是一切的终结，无论如何，都更近了。

"嗒！"李乾坤拉开了灯。

这里是一间出租屋。地上有个脏兮兮的凹凸不平的床垫，上面没铺床单，有一床棉被。一个被报纸糊上的窗子。一个蓝色的塑料衣柜，里面是黑黑的一座衣服山，也看不太清具体是什么。地上是一堆一堆酒瓶子，在灰暗的灯光下看着令人恶心。

李乾坤走进去，没有落脚的地方，他坐到了床垫上。

李乾坤说："把猪耳朵拿出来吃。"

张自强此刻再也按捺不住心中的怒火，他轻蔑地一笑，把门先关上了，然后转头对准李乾坤，一拳打过去，正中李乾坤的鼻子。这是蕴含着怒火和仇恨的一拳，把李乾坤打得天旋地转倒在床垫上。张自强一脚跺在李乾坤肚子上。李乾坤立即像虾一样弓起来，他捂着肚子，怒吼道："龟儿子，你干啥！"

张自强嘴角一提，"嘿嘿"笑出声，不再言语，对着床垫上的李乾坤一通拳打脚踢。可是李乾坤好像精通被打，从震惊中回过神之后用手护住要害部位，张自强的殴打虽然解

第十三章 亲爹

气,却没有真正伤到他。李乾坤等张自强打了好一会儿,动作变迟缓了,他腾一下站起来,一把推开张自强,喘着粗气,咧开嘴诡异地笑着。张自强看着这像嘲讽的笑容,心胸中的怒气爆炸开来,又挥拳打去。李乾坤挡住这一拳,然后扭抱住了张自强。张自强和李乾坤纠缠在一起,像一株被铁条扭曲塑形的观赏植物。张自强不知道李乾坤为何这么大的劲,是因为酒精,还是因为当流氓的经历。李乾坤肯定熟稔打架的技巧,但是张自强对自己有信心,这是被怒火包裹住的信心。张自强稍微冷静了一点儿之后,更有信心了,毕竟李乾坤已经是个老人了。这个时候,他想到一招,突然整个身体向后倒去。李乾坤急忙稳住,不让自己和张自强一起摔倒。这个时候张自强使劲一甩,把李乾坤整个甩起来,用他的头瞄准了墙壁,一下子撞上去。

"咚!"听声音似乎也没有很重,但是李乾坤的力气消失不少,张自强趁机把他整个压在身下,双拳像雨点一样落在他的头上,像打面团一样打他。每一拳下来,李乾坤的头先被拳头击打,又撞向水泥地面。他的脸因为疼痛而扭曲着,双手只能尽量护住头颅。可张自强居高临下,他看着抱住头的李乾坤,拳头从缝隙中溜进去,再在李乾坤头上绽放力量。李乾坤脸上有血,鼻子也在流血。

"别……别打了……"李乾坤从牙缝里挤出这句话。

过往

张自强知道,他赢了。他把李乾坤的手掰开,然后狠狠一拳砸在他的眼窝上,说道:"啊?你说什么?"

"别打了……"

张自强又是一记勾拳落在李乾坤的脸颊上,说:"你大声点儿,我听不见。"

"我……我说你……别……别打了。"

张自强扭腰,上半身积蓄力量,一发拳头像导弹一样贴着地面飞行,然后准确打在李乾坤的耳朵上,打得李乾坤的头蹭着水泥地面震了一下。张自强说:"你说别打就别打?你在命令我吗?你还搞不清楚应该怎么和我说话吗?"

疼痛从四面八方渗入李乾坤的头部,他感觉自己的头像要爆炸了一样,旧的疼痛、新的疼痛,还在半空中即将到来的疼痛,重塑了他对头的感知。他说道:"饶命……求你了……饶命……你再打……我就要死了……"

张自强哈哈大笑:"你会死?你怎么会死——我会让你好好活着。"说罢,他又拽住李乾坤的衣领,使劲往回拉。李乾坤的双手从半空中放下去,试图抓住张自强的手。张自强的脸紧贴着李乾坤的脸,嘴巴对李乾坤的面庞喷着气,说:"放手,我叫你放开手,听见没有?"

李乾坤缓缓把手放下了,任由儿子骑在他头上。

张自强问李乾坤:"我说,你听。我问你什么,你就回

第十三章 亲爹

答什么,听清楚了没有?"也不等李乾坤答话,他就一拳打在李乾坤头上,大声怒吼道,"问你听清楚没有!"

李乾坤赶紧回答:"清楚了……听清楚了。"

此刻,张自强终于确定,他驯服了李乾坤,强弱的关系在此刻倒转。从现在起,他做什么,李乾坤都只能承受,因为他已经用拳头证明了他是强大的一方。任何对强大的质疑都伴随着流血,但在流血之后,就建立了新的关系。

现在他还有最后一步要做,他要稍微威胁一下李乾坤。张自强开口说:"李乾坤,我知道了你的住处。我以后要是有空呢,就来你这儿玩玩。你要是想报警呢,尽管去,不管是赔钱还是进去关两天,我都应着。不过等我下次找到你,可就要好好感谢你了。你放心,我年轻,你已经老了。我以后会越来越强大,你会越来越弱小。只要你不一下子把我弄死,我有的是时间陪你玩。"说罢,张自强控制不住地抬头大笑,他抬头看着灯管,听着自己大笑的回声。

李乾坤头一斜,在地上咳嗽着。灯光照在这个失败者的身上,他在岁月中失去了他的拳头,被他生理上的儿子夺去了强权的王冠,只能蜷缩在地上品尝失败的滋味。这个过程也够漫长的,是他的余生;也挺短暂的,因为他的余生已经没有多长时间了。就在几天后,李乾坤被人发现死去了。被发现的时候,他的尸体漂在一条臭水沟上,无风,水面也没

过往

有涟漪，一切静止，就像他一直都在那儿，一生都在那儿。

不过在死之前的现在，李乾坤又做了一件影响了张自强一生的事情。他在地上喘了好一阵子之后，没有骂人，没有哭，没有和张自强说话。他慢慢爬到床垫边，伸手费劲地在床垫下摸索，最后摸到一个信封，里面有点儿鼓。李乾坤什么也没说，用尽全身力气轻轻递给张自强，手在空中颤抖，地上的影子也微微颤抖。

张自强轻蔑地接过了，他还有什么不敢接的呢？这也许是失败者对胜利者的贡品？里面摸着像钱。难道李乾坤要用钱来赎罪？张自强忍不住冷笑，他母亲一辈子遭受的白眼、一辈子吃过的苦、一辈子的痛苦、一辈子的仇恨，这一切能用金钱购买吗？还是说，总有些人觉得强奸可以用金钱转变成嫖娼呢——从给人极大伤害和痛苦的犯罪变成一桩晦暗的、见不得人的、你情我愿的交易。

张自强抄起信封使劲拍在李乾坤脸上，信封也飞了出去，"啪"的一声掉在地上。李乾坤跪着缓缓爬过去，捡起信封，又跪着爬回来，再一次递给张自强。他的手颤抖得更厉害了，地上的影子几近于狂乱地舞蹈。

张自强竟然感到一丝同情，他接过了信封。他使劲把这丝同情从心中挤了出去，说："李乾坤，我最后告诉你一件事，我不姓李，不姓钱，我姓张，我叫张自强。"

第十三章 亲爹

这人概就是他对李乾坤说的最后一句话。奇怪的是，殴打、折磨、威胁李乾坤的时候，他虽然很累，但心里面一直提着一口气。说完这句话之后，他心里面提着的气一瞬间消失得无影无踪了。他开始感到害怕，不是害怕李乾坤，而是害怕自己。他最后看了李乾坤一眼，没看出个所以然，然后转头几乎是逃离了这里。

回到自己租的房间的时候，他开始仔细端详这个信封，上面什么都没写，里面摸着像是钱。他实在是不想碰这个不祥的信封，好久都尽量不去想这件事情。后来，他知道了李乾坤的死讯，还是忍不住准备拆开这个信封。他想，如果里面只有钱的话，他会把这些钱烧掉。想着这些，他还是打开了。第一眼确实看到了钱，不过其中有几张已经不用的旧币，很奇怪。然后掉出来两张纸，一张很老旧，一张比较新。他先看了老旧的那一张，上面写着——

"本人王芳委托李乾坤和儿媳张燕上床。本人王芳保证：1.不追究李乾坤任何责任；2.不让张燕报警；3.不告诉任何人，如有背叛，天打雷劈。"

下面是两个签名，还有两个红指印。张自强看着这张纸条，在脑海中稍微理了一下前因后果，顿时觉得气血上涌，眼前一黑，几乎不能站住。他好不容易稍微平复了心情之后，打开第二张新一点儿的纸看起来。上面歪歪扭扭地写着：

过往

"我是李乾坤，这是发生的事情：我和钱多宝、张燕在一个村子里，是一个村子里的人，我们都是村民。有一天，钱多宝他妈王芳找到我，她叫我欺负张燕。我当时没有答应，我不缺女人，都是一个村子里的人，没必要去干这事惹麻烦。可是王芳又哭又闹，拉着我，不让我走。她跟我说了全部的计划。她说她摸清楚了张燕的生活轨迹，她一定会走小路去镇上，让我在竹林那里等着张燕，找个机会就欺负了。如果张燕不同意也没有关系，张燕回来之后她负责，绝对不让她报警，我不用担任何责任。她最后又说，让你去一下，你干吗推辞？最后她又给我一些钱，跟我说，这么好的事情哪里找去。我当时立马就拒绝了，我告诉她，钱多宝他爹的事情我们可以再商量，但是这种事情不能做。结果王芳反复找到我，反复说，说了好久。最后我就有点儿心动了。她再三保证不让张燕报警，把证据毁掉。最后我要求她写个纸条发个誓，她也照做了，我就去做了这件事。后来，我时常做噩梦，一直没花她给我的钱。不过我也不晓得为啥王芳会找我，不找其他人。按理说，我家和钱家是仇人，她老公的死和我家有点儿瓜葛。我只能想到……"

写到这里，突然断了，李乾坤没有写下去，接下来是一大段空白，到纸张最下面，才写了一句话："我是个烂人，我对不起他。"这个"他"字写得又像"他"又像"她"，

第十三章 亲爹

像是改了很多次。

张自强看完之后愣住了，久久没有说出一句话。

接下来的几天，张自强一直在判断李乾坤信中说的话的真实程度，从哪个角度想，似乎都是真的。李乾坤也实在没必要专门来骗他，再说以李乾坤的水平，应该也伪造不出来这些东西。很多天里，他都在想着这件事，越想越痛苦，可是他忍不住去想。他的一辈子本来都很简单，简单的被欺负，简单的贫穷，简单的喜欢，简单的奋斗。哪怕是学生时代学习跟不上，也只是稍有不顺。但当他知道自己是"杂种"的时候，一开始是震惊，后来转化成一股"简单"的刻骨的仇恨。这仇恨推动他去实施一个报复计划。可李乾坤又用一封信让他再也没法简单了。当然，李乾坤还是可恨，可张自强多么希望他没有接过这封信，他多么希望李乾坤就站在那个恶人的位置去承受他所有的恨意。当他知道了真相，他的内心就开始分裂痛苦起来。他应该恨王芳吗？这个真正的始作俑者，这个带给他一切痛苦的人。可是王芳到底为什么要做这样的事情呢？他也只从书本上知道有一些人很封建，会认为传宗接代是天底下最重要的事情。可是这种认知都沾满了历史的尘埃。他不知道王芳的人生经历，也没法推测王芳的想法。可是如果不是王芳，他也不会出生……

张自强开始恨自己，为什么偏偏是我？他生命中遇到的

过往

人一个个在他眼前浮现，他们没有一个有他这样的命运。他不奢求富贵荣华的好命，可是为什么会是这样的结局啊？他搜索了所有人，只找到了张燕。只有他的母亲，有着和他一样悲惨的命运。他实在不知道，他到底应该恨谁。恨的逻辑贯穿了他的整个脑子，他不能没有仇恨的对象。搞不清楚这个对象是谁，他就会失去一切动力。他开始仔细搜索鉴别下一个"李乾坤"。他总结来，总结去，发现他应该恨所有的弱者！这些弱者就应该被欺负凌辱，只有拳头才是说话的保障。他从小到大就是因为太弱小，才被人欺负。他应该鄙视幼年时懦弱的自己。而当他长大，他不就用拳头让李乾坤听话了吗？他最后的忏悔，不是他真正想说的，而是被拳头打出来的！只要有拳头，就可以变成唯一说话的人。当然，拳头不一定是手上的拳头，而是一切可以成为力量和强权的东西。张自强再也不要被人欺负了，要用赢家的姿态面对一切，一定要赢！为了自己，更为了母亲张燕。用不择手段的胜利，才能让那些在心里叫他杂种的人真正闭嘴，才能让母亲过上好生活。

第十四章

师父查尔斯

向亲生父亲复仇这整件事，张自强一点儿也没告诉母亲。在张自强看来，他已经是个顶天立地的男人了，他母亲只需要享福就好了，任何担惊受怕都不需要面对。在做完这件事之后，张自强开始畅想他接下来的销售生活。不过很快他就感到了一丝对未知的恐惧，学生时代的习惯还没有完全褪去。他认为自己实在是很有必要去买点儿销售相关的书籍，至少他是这么告诉自己的：如果连怎么说话都不知道，肯定当不了一个好销售。为此，他准备再去书店买点儿关于销售话术的书。

到书店的时候，他发现门还没开，就坐在书店门口的椅子上思考需要哪些书。不知道为什么，想到书就想到学校，

过往

想到陆婉卿。也会想到同学们，但主要还是陆婉卿。就在这个时候，他看见远方一个黑色的影子飘了过来。仔细一看，是上次那个胖子店员。他踩在一辆滑轮车上飘了过来。

张自强对胖子说："早上好。"

胖子回了一句："已经中午了。"

张自强仔细看胖子，还是和上次差不多的打扮。

胖子进了书店的门，张自强跟着进去的时候就开口问："请问有没有销售话术相关的书？"

胖子直接回了一句："没有。"

张自强不死心，还是进去东看西看，可实际上他一进去就被一面墙的小说吸引了。他看着书架上的小说，拿下一本已经拆开的，随意翻到一页。他认真读书上密密麻麻的字句，却读不进去。他摇摇头，又塞了回去。然后他走几步，翻到一本诗集，抬头一看，这里都是诗集。他尝试阅读里面的诗，读起来很顺畅。诗都很短，很快就可以读完。张自强就这么一首接着一首看起来。有的诗会让他停下来思索一阵子，有的则不会。

过了一会儿，胖子突然说道："这有一本销售相关的书。"他接着念道，"《如何成为团队头狼》。"然后他把书翻过来，睁大眼睛看着封底上的信息，"销售最强成功秘术……看起来好像还可以……第四代销售大师倾力推荐……这个人

第十四章 师父查尔斯

我好像知道他，他很有名……新人销售成长的必备书籍……"他嘴里还在念念叨叨。

张自强有点儿不耐烦，从他手里接过了书。张自强看了一眼封底的信息，不太在意，又看了一眼书的封面，大面积的大红色，一行行推荐语，硕大的烫金书名《如何成为团队头狼》在封面上张牙舞爪地躺着。

张自强回头看了一眼放诗歌的书架，他很想买一本诗回去读读看。他立马说："这本《如何成为团队头狼》我买了，我再看看诗。"他认为如果不买这本书，就不应该买诗，因为他是要买销售方面的书才来的书店，不能只带着一本诗歌回去。确定买这本书之后，他好像松了一口气，可以好好看看再"顺便"买一本什么诗集回去了。他走向放诗歌的书架，驻足良久。最后，他带了两本诗集和一本《如何成为团队头狼》回去。

当晚，张自强用热水好好地洗了脚，然后躺在床上胡思乱想。旁边是他的小桌子，上面有一盏台灯，下面是他买的三本书，都拆开了。诗集已经草草翻过一遍了，销售方面的书读了几页觉得味道不是很对，就先倒扣在桌上。他想，接下来马上要开始他正式作为销售的生活。张自强一开始认为，自己不用再当街推销洗洁精了，是公司看到了他身上的潜力，是他适合销售工作的证明。很久以后他才琢磨清楚，公司只是用这个方式进行一次初筛,把那些性格完全不适合做销售的人剔除。公司拟定了无论如何不会损伤公司利益的合同,真正进行剔除操作的,是社会和时间。想着很多心事,张自强睡着了,忘了关台灯,《如何成为团队头狼》的烫金书名闪亮了一夜。

第二天上班的时候,公司领导通知他,要给他安排一个师父,往后就是这个师父带着他成长了。张自强和做人力资源工作的同事在会议室等着。张自强有点儿紧张,他问同事:"赵姐,我这个师父……是个什么样的人啊?"

赵姐连头也不抬就说道:"一个很厉害的人。"

张自强咽了一下口水,一时分不清赵姐是客套还是认真的。

门一推开,走进来一个肥胖的中年大叔。他白白净净,下巴泛青,戴个非常不搭的深棕色玳瑁眼镜。张自强看到他的瞬间就被这个不和谐的玳瑁眼镜吸引了。而这个"很厉害的销售"见到张自强的瞬间就大笑,整个过程几乎一直在大笑。他笑起来嘴巴大开,笑声洪亮,非常有亲和力。师父跟张自强说的第一句话是:"你好,我叫查尔斯。就叫我查尔斯吧。"说着,他伸出了手,手臂上毛茸茸的,带着一个灿烂的腕表。

张自强伸出手握住了这只大手。查尔斯手很肥,张自强握住的时候像捏着一大块打湿的、捏软的肥皂。张自强连忙说:

第十四章 师父查尔斯

"您好！我叫张自强，是公司……"

"哎——我知道。哈哈哈！"查尔斯打断了张自强，又用一阵笑声打断了他自己，仿佛他一切都清楚，根本不需要张自强多谈。

"吃午饭了没？走！"说着，查尔斯拉着张自强就往外走了，边走边说，"咱们真诚一点儿，简单一点儿，别那么客套。我当你师父确实是公司安排的，但是咱们也算交个朋友，销售上面的事情咱们多交流。"说罢，他又小声笑了。

张自强觉得心里还挺舒服的，查尔斯看着像很平和的人，至少不难沟通。之前他看到一些销售面对徒弟的时候摆出一副冷脸，完全不管不顾的样子，还挺害怕自己遇上一个啥也不教就冷眼看着他的师父。

查尔斯拉着张自强下了楼，没几步就走到了一个吃猪脚饭的小铺子。查尔斯一进门就说："两份猪脚饭，我的那份多加点卤汁。哦，等下！只要一份猪脚饭。自强，你要什么？"张自强看着菜单，觉得也没啥可以吃的，就说也要一份猪脚饭。查尔斯高喊一声说："那就两份猪脚饭，快点儿啊。"

"我经常来这家吃猪脚饭——好吃！主要是吃起来很舒服，猪脚啃起来很得劲，卤得很入味，嗯——很香！"查尔斯一直在夸这家猪脚饭。端上来之后，张自强看到自己的猪脚饭上淋了一勺卤汁，像是雪白肌体上的一个疮，查尔斯那

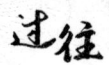

过往

盘则几乎全是黑的,淋满了卤汁。

查尔斯看都没看张自强,抄起勺子,一下子挖到饭里面,剜出来一大勺黑色的饭,就丢进了嘴巴里。他的嘴激烈地嚼着,动作很大,也没嚼几口就囫囵吞下去了。然后他又从饭里捡到一块猪脚,低头用嘴把猪脚包住了。刚啃了一口,他想起什么似的,抬起头问张自强:"你怎么不吃?"

"啊——哦——好,刚才在想事情。"

"别想了,要不凉了。"

张自强开始吃猪脚饭。比较奇怪的是,他感觉没有查尔斯说的那么好吃。即使没吃过什么高端的饭,他也觉得这猪脚饭就一般,稍微多吃两口就觉得油腻腻的,像一口痰卡在喉咙里。张自强吃了一勺之后,仔细咀嚼,然后再吃一勺。

"咋样?是不是很好吃?"查尔斯抬头问道。

"呃,我觉得一般。"

"嗯。"查尔斯低沉地应了一声,然后不再开口,认真地吃猪脚饭。他吃得实在太急了,一会儿就吃完了。他开口喋喋不休地说:"这猪脚饭哪,千万不能慢慢吃、慢慢品,要赶紧吃,才能不被肥肉和油闷到。吃的时候我就是一直想着'我很饿''我真是太饿了''再不吃就没了',让自己一勺接一勺赶紧吃掉的。这么吃才能吃到猪脚饭的精髓,你下次试试。"

第十四章 师父查尔斯

"唔……好……"张自强满嘴都是饭,含糊不清地回答道。因为师父已经吃完了,在等他,他也不好再慢慢吃。加快了速度之后,他只觉得满嘴都是酱油和肥油的味道。他终于吃完的时候,看到查尔斯百无聊赖之后已经开始打盹了。他感觉很惊讶,居然有人可以这么快就睡着。他想了一下,应该是需要自己买单,正准备喊一声买单,却又想了一下,轻轻推了推查尔斯说:"查尔斯,查尔斯,咱们走吧。"看到查尔斯眼睛睁开之后,他才站起来喊了一声"买单",去找老板买单了。

查尔斯其实将一切都看在眼里,张自强的表现他很满意。这个徒弟不难搞。和张自强一起回公司的路上,他忽然说道:"哎,对了,刚才猪脚饭多少钱来着,我拿给你。"

张自强连忙回道:"哪里哪里,我请你吃是应该的。"

查尔斯说:"那哪行,下次我请客。"

张自强笑笑。

回公司之后,查尔斯告诉张自强,他马上要交给张自强一个任务。张自强激动又略带紧张地问:"什么?"

查尔斯说:"完成这个任务挺难的,其实不应该直接交给你。你认为自己啃得动这块硬骨头不?"

张自强立马回道:"当然可以。"他知道自己不能显得缩头缩脑。

过往

查尔斯说:"有几个客户要去拜访。我们需要推销我们的一款产品给他们。搞定这些客户都有相当大的难度——算是我们开拓性的一些业务吧。"他停顿了一下,"或者这样,你先试一下。不行就回公司再和我一起商量下。"

张自强立马说:"谢谢师父。"

查尔斯说:"别,先别急着谢我。公司要求老销售要分一些订单给新销售,或者带着新销售一起去签单。我看你冲劲挺足的,才纠结着要不要给你一个困难点儿的。"他缓口气又说,"和你同期进公司的人里面,我看属你是个人才,洗洁精卖得最好,这说明什么?说明你会动脑子。只要会动脑子,又有冲劲,肯定能当个好销售!我不担心你脑筋不灵活,而是担心你没冲劲,所以挑一个难一点儿的,看一下你的冲劲到底够不够。只是——"他又顿了一下,"只是不知道这个对你来说是不是太难了。"

张自强此刻觉得热血上涌,立马大声说:"我尽全力试试……"

查尔斯却立马严肃地打断他:"什么叫试试?顶级销售的字典里面就没有'试试'这个词。只要你一说'试试',立马可以下个结论,这个人当不了顶级的销售。你想不想当顶级销售?你看我们公司赵总,豪车美女。"

张自强想起了赵总,他在公司的职位确实很高,大家一

第十四章 师父查尔斯

般都见不到他。看见他的时候,他都挺高调的。他不由得畅想了一下赵总的生活,那是什么样子的生活呢?

"所以啊,你想当顶尖的人才,就必须时刻告诉自己,没有'试试'可言!"查尔斯等了一秒钟,换一种口气又说,"不过,你还要记住,这不等于说,啥都不管,往前冲就好了,还是要注重方式方法。勇气的背后是责任感,也就是对一件事情负责任的态度。只有你真的想清楚了,这件事不管成与不成,都是你自己的责任的时候,才会有那种真正的力量推动你去做这件事。我的意思是说,如果你确定要接这个活儿,你就要负起责任来,如果最后签不了单,就只有你自己承担。"他看了张自强一眼,"有一些老销售会把一些简单轻松的活儿给新销售,都把他们弄废了!我给你这个活儿,是因为信任你。但同时,你也要相信你自己!你想一下你是不是能承担责任和结果。你想一下,你到底是想当'赵总',过他那样的生活,还是每天干几单轻松的活儿赚点儿生活费聊以度日?"

张自强激动地说:"我想过赵总的生活。"

查尔斯似乎欣慰地点点头,最后说:"我相信你,别辜负了我的信任。加油!"

查尔斯最后用"加油"两个字终结了这场谈话。张自强却一直在回想这两个字,还有之前大段的对话。张自强告诉自己,他一定可以,一定能当上最好的销售,一定能赚很多钱,

过往

一定能带他母亲搬进大房子里,一定能让陆婉卿刮目相看。

他领了一大堆资料开始看,开始认真分析产品的优劣,还有应该如何说服客户。他翻开《如何成为团队头狼》的相关章节,不停在心里预习与客户的谈话。

第一次独立拜访重要客户之前,张自强好好装饰了一下自己的外表。他提前烫平了西装,还借了一点点发胶抹在头上,让整个人看起来成熟了一些。可是张自强毕竟很年轻,穿着廉价西装达到的观感上限就只是像一个学生会主席。把发胶一抹,整个人更是显得奇奇怪怪,甚至有些滑稽,似乎是那种要极力想要表现自己却不得其法的人。公司的员工们看到他的打扮,心里面都在偷笑,却表现得十分认可。大家都在夸着张自强,告诉他别紧张,这一去一定成功。大家真心诚意的祝福和夸赞,让张自强平添了不少信心。

末了,查尔斯看着张自强说:"自强,师父我可就等着你胜利归来了。"说完又伸手整理了一下张自强的领子,露出和善宽厚的笑脸。

张自强去了。他今天遇到的第一个困难就在他的意料之外。今天很热,才走出公司的门,张自强就觉得一股像从东非大草原吹来的热气包裹了他。走了几步路,已经开始流汗,不过他很快坐上了有空调的公交车,这又让他忘记了炎热,只觉得窗外阳光很刺眼。一路上,张自强还在对着窗子看自

第十四章 师父查尔斯

己的发型怎么样。还好,没有太乱。坐了好久的公交车,才到了郊外的工业区。进工业区的时候没有人管,张自强觉得自己还挺顺利的,他本来准备好了一套进工业区大门的方法。他想着也许接下来都会很顺利,很多计划中的困难也许都不会出现。而唯一的困难也许是难搞的客户,不过在他优秀的口才之下也能解决掉。

他问了客户公司的位置之后,发现他们在工业区的另一头。他想了一下,决定就从工业区的这头走进去,走着去客户的公司。他计划的时候对出行考虑得很浅,并没有细想工业区有多个车站意味着什么,也不知道工业区对面有没有公交车站。其次,他觉得要是再坐公交车过去太折腾,还要重新查路线。最后他还想着,要是一头大汗出现在客户面前,说不定能让客户感觉很有诚意呢。地图上没有标注具体的距离,不过看着似乎也不是很远,他拔腿就走进了工业区。

当他走了大概两公里之后,才感觉事情不像想象中那么轻松。此刻他又不想回头,都已经走进来了,何必又回去呢?他继续往工业区里面走。

空气中没有一点点缝隙,哪里都是热的。硕大的太阳就像一个来串门又半天不走的亲戚一样黏住了张自强,黏在他的背上,让他烦躁无比又无计可施。道路很宽,这会儿没有人开车经过。肉眼可见蒸腾的热气扭曲了远方银白色的粗细不一的管道和立起来的巨大水罐。张自强像一只蚂蚁,爬行在静止的、似乎死去的工业化巨人的尸体上。他把自己内化成一个无限微小的黑点。从远处看去,看不见他的动作,不管是擦汗、挠下巴,还是手舞足蹈,都无甚区别;听不见他的声音,不管是皮鞋踏在沥青马路上、轻声叹气,还是大喊"有人吗",都寂静无声。工业区的巨人吞噬了他。他这个时候才发现自己甚至还不如一只蚂蚁,连一点儿瘙痒都造成不了。

张自强走到一半距离的时候,忍不住心想:去你妈的!这种内心的声音突然就从他的喉咙里发出来了。他先是一惊,害怕被人听到。但当他发现自己离客户的公司还有如此遥远的距离时,他就开始小声地骂。后来,越骂越大声,越骂越舒服。最后连他自己都骂累了,可是整个工业区还是一点儿反应都没有。

他身上大面积湿了,喝下去的水甚至都来不及变成尿就变成了汗水。他已经脱下了黑色的西装外套,搭在手上。白衬衫开了三个口子,像一个流氓。衬衫袖子撸了上去,露出细细的小臂。头上的发胶呢?张自强不敢想也不敢摸他的发型变成了什么样子。

等张自强终于走到公司门口,他已经积攒了满腔的怒火。他先努力平息了一下心中各种躁动的情绪,练习了一下职业的笑容,来活动一下已经热麻了的脸部肌肉,然后在电动伸

第十四章 师父查尔斯

缩门外面伸出头往里面张望。保安室里面好像有个人，他敲敲玻璃窗，看见一个老年保安在里面。他在走过工业区之后听到的第一句人话是："你是谁的儿子？"

"啊？"

"你不是来找爹的吗？"

张自强从疑惑变得有点儿生气，实在不清楚这个保安在想什么。大太阳天，他走了这么远的路是找爹来了。他说："你好，我叫张自强，是来找张经理的。"

"那你还不是来找爹的？"

保安仅仅三个问题就把张自强的全部怒火勾出来了，甚至比之前更旺盛。张自强又费了好大劲才压抑住心中四处乱窜的怒火。他正在想怎么和这样一个人纠缠，老保安忽然按下了快门键，电动伸缩门开了一个口子。张自强犹豫了一下，直接挤了进来。老保安说："进去吧，西边502室。"

张自强本想跟他说个清楚，但是转念一想，如果说清楚了自己是个销售，说不定还进不去了。他纠结了一下，还是决定先进去看看再说。

当他到了502室，看到里面有个穿蓝色衬衫、扎皮带、穿皮鞋的中年人。他走上前去说道："你好，请问你是张中原张经理吗？"

张经理看了一眼眼前的陌生少年，他浑身被汗浸透，头上还抹着奇怪的发胶，看着黏糊糊的。张经理不由得有点儿奇怪："我是，请问你有何贵干？"

张自强听到他就是客户张中原，立马做好了准备。他吸了一口气，说道："您好，我是张自强，是龙腾四海集团旗下的龙腾四海销售咨询服务公司的……"

张经理一听就打断了他，说："你是销售？"

"是的，我是本公司销售部客户代表……"

张经理又打断了他："曹大壮是你什么人？"

"曹大壮是我师父，我一般叫他查尔斯……"

张经理接着打断："他叫啥丝都和我没关系，我只问你一个问题，你是怎么进来的？"

"是保安放我进来的……"

张经理打断："老李头儿让你进来的？你先不要讲话，我马上打个电话。"然后他走向座机，皱着眉头一个电话打出去，声音响起来，"喂，老李你在搞啥名堂？你放这个销售进来干啥？是我让你放我儿子进来？这个张啥来着，哎——你叫啥？"他看向张自强，不等张自强回答，就把听筒换了一边继续说道，"管你叫啥——我说老李，你这个门卫的工作还想不想继续干下去？我让你留意我儿子，不是叫你把销售放进来。像？像个锤子！"他瞟了张自强一眼，"我和他一点儿都不像。啥？你说他像学生娃娃，你就放进来了？我

第十四章 师父查尔斯

看你脑壳真的有毛病。好，挂了，你快来502，把这个销售带走。"说完，他狠狠摔下了听筒，看都不再看张自强一眼，自顾自干起自己的事情来。

张自强走上去说："既来之，则安之，我刚好和你讲下……"

张经理立马打断："哪个和你来之安之？你能进来本身就是个错误。现在啥都不要说，等老李头儿把你带走。"

张自强现在有点儿不知道怎么办了。他想了一下，觉得自己还应该再努力尝试一下。他回忆了一下销售话术中对这种情况的分析，决定去掉所有客套话，挑重点说。他背诵道："我们公司的产品真的很适合贵公司，有如下三个理由……"

张经理还是打断他："打住，我请你打住。我只有一个问题，你是那个啥丝的徒弟，那他有没有跟你讲上次他自己来发生了啥？"

这个问题确实把张自强问蒙住了，他只知道查尔斯跟他说了这个客户很难搞，然后给了他很多资料，一句未谈之前的事情。他赶紧在脑海中想了一下当前的情况，看来客户关系真的很差，他准备先安抚一下客户。

就在这个时候，保安老李急匆匆进来了。张经理立马说了一句："老李，你赶快把这个瘟神送走！你这个月犯几次错了，你自己说。你要是动作慢了，下个月不用来上班了。"

老李赶紧抓起张自强就往外走。张自强一边挣扎，一边喊道:"我只有一句话想问,查尔斯到底和你们怎么了?"

张经理说:"他上次来,和我们吵起来了,最后还骂起来了。我们已经用了别的公司的对口产品。听清楚了?"

很快老李头儿就把他拽出了门。张自强没怎么挣扎,但是老李头儿的动作很粗暴,一点儿都不客气,喊道:"你滚!滚快点儿,滚远点儿!"

张自强最后问老李头儿:"最近的出口在哪个方向?"

老李头儿从地上捡了一坨泥巴扔了过来,泥巴在地上摔得粉身碎骨。

张自强呸了一口走了。

张自强回到公司的时候发现其他人都已经下班了。他想了一下,没进去,直接回家了。他一进门,只把挎包一甩,没换鞋没脱衣服就倒在被子上,只觉得筋疲力尽,浑身散架。好不容易挤出一点儿力气,他先脱了鞋子,然后顺手就把外套甩到了书桌上。廉价西装外套一下子就盖住了两本诗集。

他开始想今天的事情。师父查尔斯什么都没说,故意给他一个几乎就签不了的客户,让他走了这么远的弯路,这真的是一种锻炼吗?想到有的老销售把一些相对简单轻松的客户资源给新销售,他才稍微梳理了一下前因后果。看来查尔斯根本就不想让他分走自己的客户资源。可是查尔斯也是比较成功的销售了,按理说,一些油水不多的单子也是可以给

第十四章　师父查尔斯

张自强完成的啊。张自强想,有很多种可能,要么是自己真的不行,满足不了查尔斯的严格要求,要么是查尔斯故意整自己,要么两者皆有之。张自强最后的结论是,无论如何都需要尽快搞清楚查尔斯到底是怎么想的,隐藏在他那响亮的大笑下的内心真实想法到底是什么。

张自强睡得很沉,今天真是累极了。

第二天去公司的时候,张自强首先感到了一种耻辱,似乎大家都在等着看他笑话。他尽力抛开脑海中的杂念,找到了师父查尔斯。查尔斯一如既往,用豪爽通透、没有杂质的笑声欢迎他。张自强准备一步一步试探性地问问查尔斯。他说:"师父,昨天见客户,不太顺利。"

"正常,这个客户是真的很有难度。你别急,我们来一起分析一下。"

"我去了工业区他们公司的位置,见到了客户本人,张中原经理。"

"嗯,能进去就算不错了,之前这个工业区管得还挺严的,你是怎么进去的?"

张自强已经提前想好了说辞,他说他是通过散了烟给门卫,又唠了半天家常才进去的。查尔斯不置可否,接着问:"见到张经理,你是怎么说的?"

"他没让我说话,就让保安把我赶出去了。"

过往

"你和他提到我了吗？"

"提到了。"

"他怎么说？"

"他说之前有些不愉快的经历。"

"嗯？"查尔斯眉毛一挑，然后突然大笑起来，"说，你接着说。"

"他说之前你和他吵过架。"

"是我——"查尔斯拉长了音调，"和他吵了架？"

"这个，我也没听太清楚……"

"我记得我没和他吵过架啊。"查尔斯身子轻轻往前倾，停顿一下，"你说是不是？"

"呃——那我可能记错了。没有吵过架。"张自强补充了一句，"没有。"

查尔斯整个人倒在了躺椅上，又开始大笑起来。不过这次笑声听着不再像之前，倒更像是公鸡打鸣。查尔斯接着说："那你打算怎么办？"

张自强咽了一下口水，说："师父，要不我请你吃顿猪脚饭？有一些……有一些销售的技巧，我想请教一下。"

"啊？你不是嫌猪脚饭不好吃吗？是不是？"

"不是不是，我没嫌弃不好吃，挺好吃的。"

"哎呀，年轻人，每个人口味不一，别强求。要不咱们

第十四章 师父查尔斯

晚上去'红浪漫'里面说?"

张自强知道"红浪漫"是附近一家挺高档的洗浴中心。他立马答应道:"好的,师父,我请你去泡个澡。"

查尔斯意味深长地说:"把钱带够。"然后咯咯一笑,"今天晚上十点不见不散。"

这是张自强第一次听到查尔斯的这种笑声,他后来用了很多时间去琢磨这笑声背后的情绪和想法。张自强觉得,这笑声中才是真实的查尔斯,自己需要搞清楚这笑声到底是什么意思。他此刻就像一个神秘兮兮的特工,又像一个想要走入别人内心的心理咨询师。当然,只有一段笑声,肯定是什么也解读不出来的,张自强想,他要发现查尔斯发出这段笑声时别的东西——说出口的话、下意识的小动作、不经意的语调变化、细微的表情。为此,张自强走出办公室之后,就开始反复回忆整场对话。他记住了所有的话,并且记住了查尔斯语气的变化,还有他在椅子上姿势、动作的细节。

查尔斯对张经理似乎是非常讨厌的态度,但是他又不明说,反倒暗暗威胁自己。那天和查尔斯去吃猪脚饭,他原本以为只是吃一顿饭,没想到查尔斯还记得他说好不好吃这些细节。这些都意味着什么呢?

张自强开始想查尔斯约自己去"红浪漫"的事情,肯定又是像上次吃猪脚饭一样,让自己掏钱。而且他都明说了,

过往

要带够钱。该死,自己哪有那么多钱!平时吃个饭都想省着点儿,买本书就算消费水平比较高的"项目"了,却要花钱请查尔斯这个名义上的师父去泡什么澡。就算请了他,又能得到什么呢?如果像那次请他吃猪脚饭一样,最后什么都得不到的话……到底应不应该去呢?还是直接辞职走人?自己确实没有什么硬技能,而且换个公司就真的能远离这些东西吗?社会果然复杂啊,确实和学校不太一样。想到最后,张自强又想起了母亲拽着他的手走进那场暴雨的情景。如果这场暴雨注定要下的话,如果自己没有伞无法逃避的话,那恐怕只剩下一个选项了——冲进这场雨中。他最后决定:去!去看看查尔斯到底会跟他说什么。如果啥有用的也没说的话,他甚至准备直接把查尔斯打一顿泄愤。

  他上班的时候满脑子都想着这些,很快就磨到了下班。他坐上摇摇晃晃的公交车回家。一路上,窗外的景色都是他熟悉的:在阳光下闪亮刺眼的写字楼、漂亮的学校、树木繁盛的公园。就在这里,忽然转进一条小路,接着,他看到茶馆露天摆着的玻璃桌和藤椅,按摩店外立着的灯箱,破烂乌黑的早餐店高高竖起的蒸笼,铝合金店随意摆在门外的各种晃人眼睛的金属窗……很奇怪,在城市里那些美丽的地方,他看到的事物都是作为整体存在的,而到了破烂的城中村,他看到的都是一个个细节。

第十四章 师父查尔斯

　　下了车，往城中村的小巷子里面走，转了几个弯，到他家了。张自强取出自己所有的钱，数了起来。一张张纸币从他手上划过，他甚至大概记得每张纸币是怎么来的。这张缺了角的十元是超市找给他的，那张磨得很破的一元是快餐店找给他的，这几张百元大钞是公司发给他的，还没有破开……他最后数了数，钱不多，真的不多。他的保底工资刚好够让他粗糙地活着罢了，确实没有太多剩余。

　　张自强看着手上的钱，陷入了沉默。在沉默的时候，他把手上的纸币来来回回地数着。他站起来，想把装在抽屉里面的硬币也数数，又摇摇头，坐下了。

　　他就这么坐了很久，表情一开始是麻木的无奈，后来变得严肃，最后情绪波动很激烈，五官都挤在了一起。他端起椅子，放到了衣柜前面，刚刚踩上去，又下来了。他来回踱步，最后终于自言自语道："没办法……"他从衣柜上面取下一个铁盒子，取出了里面的信封。

　　这一瞬间，他甚至感觉天旋地转，没想到会因为这个，使用李乾坤给他的钱。最开始，他本来都想把钱烧掉，但是仔细想了一下，觉得烧钱随时都可以，自己应该先留一下，万一有什么地方急用钱呢。结果万万没想到会是这样的场景。

　　信封被张自强捏在手上，握出了汗印。他最终把里面所有的钱放到自己的钱包里，提笔在信封上写下："我还是恨你，我永远恨你。"然后把信封烧掉了。秀气的字迹在火中失去颜色和形状，蜷缩成不可读的一团，张自强把它冲进了下水道。

查尔斯到洗浴中心的时候，看见张自强就在门口站着等他。查尔斯立马叫张自强和他一起走进去。

大堂经理看见是查尔斯，立马帮他们把门拉开，热情地说："哟，查尔斯查哥来了啊，欢迎欢迎！"他咧嘴一笑，"来——两位这边请。"随后低头对着对讲机小声说，"VIP男贵宾两位。"

查尔斯脱下皮鞋，换上拖鞋，对着大堂经理说："还是一样，要上面的柜子。"

大堂经理立马应道："知道知道，查哥一直都喜欢上面的柜子。"

张自强此刻好奇上面的柜子是啥意思，但是又不敢多问，他已经下定决心，尽量先听清楚查尔斯的话，想想再回答。

两人一起走进了男宾更衣室。张自强一看，存放个人物品的柜子是上下两层，所谓"上面的柜子"无外乎高一点儿，下面的矮一点儿，需要弯腰放东西。张自强心中暗暗嘲笑，这么小的事情还需要单独吩咐一下，是弯不下腰吗？

走进浴室，查尔斯对张自强说："我去洗个澡，再搓个澡，之后泡个澡，最后蒸桑拿。你的流程你自己安排，我们等下可以一起蒸桑拿。"说完就头也不回地去洗澡了。

张自强知道搓澡是要收费的，于是没有去搓澡，自己仔

第十四章 师父查尔斯

仔细细洗了一个澡。洗浴中心的洗澡设备比他住的地方好太多了,他开大了热水,舒舒服服地烫了一下。水流猛地从头顶冲下,他觉得很舒服,像是站在瀑布下面一样。他终于知道为啥那些人喜欢来洗浴中心了。查尔斯搓澡的时候,张自强就泡在水池里等着他。看到查尔斯扭着脖子出来了,张自强连忙上去打招呼,和他一起去蒸桑拿。

桑拿室这会儿没有人,没有加水。查尔斯进去就用勺子加了很多水,瞬间整个桑拿房热气蒸腾,水雾弥漫。

查尔斯转着脖子说:"小张啊,最近几天体验如何啊?之前你是学生娃娃,当上销售可就走上社会了啊。"

张自强知道好戏开始了,张口说道:"还可以,挺好的。"

"你肯定有很多不明白的地方,比如我和那个张中原的关系,比如销售的事情。我今天就跟你说了吧。"

"嗯,好的,好的。"

"第一个,关于那个订单,最开始,公司认为这是非常重要的大客户,找了好多人跟进。但是进展很不顺利,我最后接手的时候已经发现根本不可能签单了。最后我和客户吵起来了。当然,公司有个制度就是大客户责任制。最后一个接手的人如果没签下来,就会算是他的责任。"查尔斯看着张自强的眼睛说道,"直说吧,最后你去找张经理,责任就是你的。我等于让你帮我背了这个黑锅。"

"啊。"张自强低沉地回了一声。他没想到的是，查尔斯会把话说得这么直接，是因为这里是桑拿房，避人耳目又留不下证据吗，还是他觉得自己只是小角色，直说了也影响不到他，又或者他说的就是假话。

"所以，不能让你白白帮我背锅——今天我请你好了。"

张自强急速地思考，查尔斯这句话应该怎么回。如果直接接受了他这次请客，是不是从此就被他抓住了把柄？可是自己是个小角色，又能有什么把柄呢，大不了走人就是了。还是查尔斯这只是稍微谦让一下，他压根就没想过付钱？如果是这样，要是让他请客了，那接下来在公司肯定不好混了。

张自强想了想，还是咬着牙说："哪里，都说好了，我请师父洗澡。"

查尔斯又发出了"咯咯咯"的笑声。张自强估摸着自己猜对了。

查尔斯又开口说："那行，啥也别说了。走，一起上楼。"说完便往外走，张自强跟了上去。

到了楼上，一个化浓妆，穿红色连衣裙、黑色高跟鞋的漂亮女人迎了出来，说着："哟，是查哥啊。哎——"说着，疑惑地看了一眼张自强，"这位是？"

查尔斯说："我徒弟，他今天请客。"

女人立马伸出手："你好，我是这里的马经理，请问怎

第十四章 师父查尔斯

么称呼?"

张自强说:"我姓张,叫我小张就好。"

女人说:"原来是张哥——好嘞。"她嫣然一笑。

张自强此刻心怦怦跳,十分恨自己,觉得自己不应该跟着查尔斯来这里,也不应该为他买单……

在大厅,他看见了查尔斯。查尔斯笑着和他打招呼。他内心对查尔斯只有满满的厌恶,恨不得一拳打在他鼻梁上,打飞他那可笑的玳瑁眼镜。张自强买了单,差不多刚好把他的钱用完。

出了门,外面的天空黑压压的。洗浴中心巨大的招牌发出惨白的光,射到街道上的光线把这一小片都涂亮了,射向天空的光线却被整个吞噬。天空依然黑压压的。

张自强此时觉得头很晕,一阵阵天旋地转,他扶着栏杆,有点儿想吐。查尔斯买完烟,笑吟吟地走过来,对他说:"小伙子,表现不错,从今往后跟着我混吧,我带你当个好销售。"

张自强忍住内心想要呕吐的冲动,挤出笑脸说:"那后面的客户……"

查尔斯说:"嗨!你都帮我这么大忙了,又请我洗澡,我就当你是我的人了,后面我都给你派好客户。张中原这单,我回头跟公司说明一下情况,说不定没啥事。"说罢,他猛吸一口烟又开口道,"小张啊,从今天起,你就和我一起老老实实干活儿吧。咱们之间今天发生的事情,我想我不用说,你也知道,不要跟任何人说。"

张自强咳嗽了一声,说:"好的。往后请师父多多栽培。"

"栽培?哪里啊!"说完,查尔斯就离开了。张自强没有看到他离开的身影,只看到他离开时叼着的烟上的火星在黑夜中一抖一抖,渐渐飘远了。

张自强等他终于走远,感到一阵一阵想吐的冲动。他终于干呕了几声,却什么都没吐出来。他顶着不适回到了家。打开灯,看到那两本诗集。他拿起书,抚摸着书页,眼睛突然湿润了,再看向诗句的时候,只感觉模糊一片。即使对着他之前最喜欢的诗句,内心也只感到一种情绪:悲哀。他用诗集盖着脸。灯光下,他的背影轻微起伏。整个屋子没有一点点声音。

第十五章

师父曹大壮

查尔斯倒是没有食言。在查尔斯的教导和带动下,张自强成长迅速,两年之后已经成为销售公司这批年轻人中的新锐。在用业绩说话的规则下,吃苦耐劳又勤奋肯学的张自强得到了查尔斯的帮助,像跑车被踩下了油门。

他对母亲一如既往地好。张燕这个时候也还在工作,她实在是不愿意停下来。每次张燕看到儿子送给自己的礼物,都会告诉他,不要再送了,她还没那么老。不过她心里是高兴的。

本来张自强觉得,自己这辈子估计就这么过下去了。没有幸福美满的家庭,但也有自己的亲人;没有你侬我侬的爱情,但也能将就活着;没有情比金坚的友情,但也能与人在酒桌上觥筹交错相互捧场；没有理想，但生活也能越来越好。

两年之后的第一个季度，他的销售业绩超越了他的师父查尔斯。在大家的掌声中，张自强惴惴不安。他第一时间想到的事情是应付查尔斯的报复。毫无疑问，查尔斯会把他当作敌人。虽然他已经不再是初出茅庐的小销售了，但是想到查尔斯可能用上的手段，他还是很紧张，不停思考着，查尔斯可能会怎么做呢？他第一时间想到的事情就是"红浪漫"。如果查尔斯把这件事公布出来，或者甚至直接去报警……报警应该不太可行，他自己也会被牵连。但是如果写一封匿名邮件呢？他越想越怕。他又去了一次"红浪漫"，发现那个地方已经整个拆了，问装修工人，说是这儿的老板已经不做洗浴了，他才稍微放心了一点儿。

公布业绩之后，查尔斯确实很萎靡。再往后一段时间，他的业绩更差了，每天不知道闷在办公室想什么。他第二个季度的业绩，看来更要远远落后了。张自强每天看着查尔斯这样，更不敢掉以轻心，他小心翼翼地处理好和同事之间的关系。

有一天，查尔斯突然告诉张自强，他已经提交离职申请了，晚上要不要去喝杯酒。张自强想想之后答应了。他告诉自己，一定不能多喝，要永远小心查尔斯。

几杯酒下肚，查尔斯在酒桌上不停地祝福张自强。张自强小心翼翼地辨识着这些话语。他不敢显得太嚣张，一直说

第十五章 师父曹大壮

都是查尔斯教导有功。纠缠了好几轮之后,突然,查尔斯爆发一阵大笑:"自强啊,别装了,我知道你这个人,你现在就是担心我对你不利。"

张自强连忙说:"哪里哪里,师父,你想多了。"

"嘿嘿,你是什么人,我太懂了。这么多年销售当下来,没别的本事,就是会看人。张自强,你啊——你就是一条蛇。你的性格非常隐忍,不到图穷见匕首的时候是不会露出马脚的,可是如果真到了那一天,你比谁都狠。"说着,他打了一个酒嗝,"哦,没有说你不好的意思。这些品质,一定能让你成为一个成功的人。你以后一定是一个成功的销售。"

查尔斯说罢盯着张自强,见张自强没有说话,继续说道:"我之前还一直好奇你这号人的出身,因为和你一样的小年轻销售,心思要简单得多。不过我看你从来也不说,也就没问。"他接着说,"你到今天最担心的是我用'红浪漫'的事情要挟你吧?"

张自强端着小酒杯看着查尔斯,依然不语。

查尔斯突然爆发一阵惊天大笑,仿佛看到了人生最荒诞的喜剧,不是那种咯咯的笑声,而是张自强最开始遇到他时那种通透无比的笑声。查尔斯说:"你太傻了。我们销售公司的男人,难道你还不知道?从来没有谁用这种事情去要挟别人,因为一损俱损,谁都不是傻子。"他接着说,"有的时候，我猜测你的心思，是比什么都好玩的事情。"

张自强干咳了几声，说："没有。"

查尔斯笑了笑，接着说："你知道你有个很大的特点是什么吗？就是能站在非常邪恶的人性上看别人。这是你很大的优势。这么长时间接触下来，你每次提出的销售建议都挺邪气的。我仔细分析过，都是基于人性本恶出发的。你放心，你有这套东西，销售的饭你吃得死死的。"

张自强忍不住问了一句："那你呢？"

"我？"

"你未来有什么打算？"

查尔斯又笑了，这次笑得最为放肆，笑声穿透了烧烤摊上的烟雾，到无限遥远的地方去了。查尔斯笑着说："打算？我说辞职后全世界旅行你信吗？"说罢，他又爆发出一阵大笑，然后解释道，"我这辈子早就赚够钱了。之前跟你说的我们公司的赵总，他只是一个花花架子，你不知道吧？豪车美女是给别人看的。我才是这些年闷声赚钱的人。实际上我的巅峰期已经过了，你进公司的时候，我已经做好准备未来不当销售了——没啥，人都有这么个阶段，我有，你也会有。到时候你就明白了。"他端起啤酒喝了一口，"很多年前，我真的和你很像，初出茅庐，愣头青，在社会上什么苦都吃过了……"

说着，查尔斯突然陷入了沉默，他双眼呆滞地看着远方，

第十五章 师父曹大壮

愣了一会儿。突然,一阵夜风吹来,有点儿冷,张自强裹了裹衣服。

查尔斯回过神,端起酒,却没喝,继续说道:"后来我遇到一个人,算是我……师父吧。我从他身上学到了很多东西,真的很多……不过我也变成了今天的样子。其实如果再让我选一次,我可能会想过另外一种人生。"

张自强不知道如何回答,也不知道查尔斯说的到底是不是真话。

查尔斯凑过来说:"查尔斯这个名字,是很早之前我师父给我取的。我以后不当销售了,也就不叫查尔斯了。"说完,查尔斯站起来,又使劲嘬了一口烟屁股,拍拍张自强的肩膀说,"再见!"他想了一下,接着说道,"我叫曹大壮。就叫我曹大壮吧。"说罢就去买单了。

张自强没有去追,也没有在最后关头去弄一出抢着买单的荒唐戏码。这可以发生在任何一天,但不是今天。今天,是时候让曹大壮买单了,让他这个油滑无比的男人买一次单吧,也许是他应该的,也是他渴望的。

曹大壮买单之后就径直走了。他朝张自强挥挥手,没抽烟,没回头,双手插兜走了。张自强就这么目送他的身影远去。人已经消失了好久之后,张自强还在对着手中的酒杯发呆。他实在是不能定义曹大壮这个人,也不能定义他给了自己什么。

第十六章

熟人

时间一晃过去了好几年。张自强没有跳槽,做到了这家公司的销售组长的位置。其间他还获得了自考本科学历,没别的原因,为了未来跳槽用。现在的社会特别看重学历。

他出了一轮差回到这个城市。他在市中心的酒店用便宜的价格订好了房间——因为经常订房,他结识了酒店经理,成了酒店的 VIP 客人。酒店也喜欢他这种客人,乐于给他一点优惠。

他出门前好好打扮了一下自己。他先洗了澡,仔仔细细用香皂洗了身子,用洗发露洗了头,最后用了一点点发胶,把找理发师打理过的发型还原到最佳状态。穿上衬衫,穿上有着淡淡竖条纹的西裤。慢慢穿好皮带,仔细调节皮带和扣子

第十六章 熟人

的位置。再套上背带，把背带下方固定在皮带上，大拇指在背带内侧反复滑，确定松紧度和体验这种感觉。系上领带之后，他横着插入一根不锈钢领带夹，这是最后的步骤。他也不清楚这个不锈钢的亮晶晶的玩意儿到底是不是一个领带夹，也许是个女士发夹也说不一定。不过他喜欢这种感觉，看到他这一身打扮，没有人敢质疑他胸前闪亮的不锈钢领带夹是不是镶了钻石或者用了某种昂贵的材料。他喜欢别人的目光被他亮晶晶的领带夹吸引的感觉，他会抓住这个时机突然问对方一个问题。对方谈话的节奏一般会因此被打乱。他出门了。

到酒店之后，张自强先在连锁超市买了一瓶冷冻的葡萄味汽水，再到前台办理入住。这次前台工作人员是女性，张自强轻轻颔首微笑一下，说："辛苦了。"如果是男性，他则什么也不会说，反倒会皱着眉头，仿佛在思索些什么。

进了房间，打开手机，看到离约定的时间还有一会儿。张自强扭开汽水的瓶盖，先灌一口，然后洗了一个房间里面放着的高脚窄口的香槟杯，一边把汽水沿着杯壁倒下去，一边缓缓转动杯子，让整个杯子内壁都挂有葡萄味汽水。他站起来，踱到落地窗前，握住杯底轻轻晃动香槟杯。杯中的汽水快速升起泡沫又快速爆破，粗劣的食品添加剂的香气充分释放出来。他仔细嗅着这股甜香，皱着眉，用食指和中指夹着杯腿儿，掌心向上，翘起的小拇指指向落地窗外的天空。他托起杯子，

过往

轻啜一口。

这一切当然毫无意义,就像自己毫无意义的人生一样,张自强这么想着。但是,至少自己的快乐是真实的。干杯,敬这座城市。

喝完了汽水,钱自强拿着空杯子,坐在落地窗前的椅子上,把脚放在桌子上,开始发呆。

过了一会儿,对方打电话告诉她,快到酒店了。张自强把汽水瓶子收好,把鞋子端正地放在房门那边,换上一次性拖鞋,不脱黑色的袜子。做完这一切,他在床边坐着等,头低垂下去,双手十指交叉,像在祈祷。

有人轻轻敲了门。张自强走过去,拉开门,然后迅速转身往回走——门口不适宜待太久,路过的人看到有些尴尬。姑娘跟了进来,坐到了床上。

张自强仔细端详姑娘的时候,却半天没说话。姑娘被他看得很奇怪,问道:"怎么了?"

她是陆婉卿。

张自强的心脏突然剧烈跳动起来,少年时的血液冲上了他的大脑。陆婉卿不认识他了吗?他试探性地问道:"我们见过面吗?"

"不知道,应该没有吧。"陆婉卿说着,也仔细看了他一眼。陆婉卿的眼睛瞪大了,开口惊讶地说:"你……你是钱……

第十六章 熟人

钱自强?"

"哦——"张自强苦笑了一下,"我现在是张自强了,英文名叫查尔斯,你叫我查……"却没有再说下去。

没想到隔了这么多年,他们确实在人海中再相见了,不过此时此刻终究还是比不上彼时彼刻。在少年时分别,在快到中年时再次相遇,两人都经历了太多。只有持续的沉默才是保护色,第一个开口的人将成为永远的罪人。张自强和陆婉卿在酒店的房间里避开对方的视线,没人说话,安静极了。

"不过你要是叫我钱自强也可以。"过了一会儿,张自强还是开口了。

陆婉卿没有说话。

房间又陷入了沉默。

张自强本想仔细打量陆婉卿,可是还是和学生时代一样,他的视线没法停在陆婉卿身上太久,那毕竟是他少年时的全部爱慕和渴望。陆婉卿也坐着没有说话,她是不是也在回忆她的学生时代?张自强鼓起勇气看向了陆婉卿。她还是她,模样倒是变化不大,但是化了妆,他真是有点儿认不出来了。张自强偷偷看了一眼陆婉卿低垂的脸,搜索她眉眼间的那层雾,没找到,雾散了。

陆婉卿坐在床上,张自强也坐在床上。他低着头,看着陆婉卿的手。真想伸出手去牵住陆婉卿的手啊,他这么想着。

过往

可是青春期的羞涩像一个掷出去很多年的回旋镖又飞回来击中了他,让他没法动手去牵。该死!怎么回事?张自强在心中不停质问自己。他曾经幻想过很多次牵起陆婉卿的手,可是当这个机会以一种诡异的方式来到他面前,他却无法鼓起勇气这么做。他反复质问自己,真的有那么喜欢陆婉卿吗?到底喜欢她什么呢?他此刻真的很想用这句话说服自己:"年轻时,我只是喜欢上了她的容颜,那是一种浅薄的喜欢。"但是他实在是打心底质疑这套说辞。否则,他不会念念不忘到今天,更不会到今天依然无法牵起陆婉卿的手。

牵起她的手,究竟意味着什么呢?

陆婉卿此时的样子让他痛苦。他发现,离开学校的这些年,他其实既没有握住陆婉卿的手,也没有松开陆婉卿的手。陆婉卿成了一个符号、一个梦,是支撑着他通往生命的那一头的桥梁。生命的这头是贫困、琐事、出身的仇恨、人情世故,生命的那头是一片盛开着油菜花的田地,阳光下金灿灿的,点亮了他的天边。到现在为止,他都像一个一直在这头埋头耕地的农夫,只在劳作的间隙直起腰来遥望一下那头的景色。如今,在漫长、细致、劳累、令人难以呼吸的耕作之后,他抬起头,却发现这座桥已经塌了。巨大的桥体分崩离析,残骸抖落,一块块砸在他生命的河流上,无声地溅起惨白的浪花。这就是他看到的一切。雾散了,梦碎了,桥塌了,那头去不了了。

第十六章 熟人

"陆婉卿!"张自强再次用一声大喊打破了沉默,他接着说道,"我……我不知道应该说什么。但是我能请求你一件事吗?我们之前约定了,再见到你的时候,我会混出个人样,然后请你听完我的告白。今天,我们再次相遇,无论……无论如何,请你兑现承诺。为了今天,我练习了无数次……"张自强的声音低沉下去,又抬起头来说道,"今天,此刻,我想最后跟你告白一次。你是陆婉卿,我是钱自强,你可以听完我的告白吗?"

陆婉卿点了点头。

"陆婉卿,你曾经是我的梦,是我全部的梦。我……其实我的童年经历不太好……我的整个生命,都需要一个让我活下去的理由!过去,我为了仇恨而活着。后来,我为了母亲和你而活着。我需要奋斗,我需要争口气,我需要挣大钱,才能让母亲过上好生活,才能出现在你面前。为此,我拼尽了全力,为了成功,我什么都愿意做。我知道,这一切也许在你看来犹如梦呓,因为我们整个高中时代连话都没说过几句,后来我还休学了。但是,你那时放出的光彩依然在我脑海中浮现。我想……也许我会一辈子忘不掉。你像雨后阳光下的玫瑰一样璀璨又流光溢彩,你出现的时候,我的眼中只有你——我生命中所有和爱、青春有关的词,都和你有关。"

陆婉卿不言,有点走神。

过往

"我不想问你身上发生了什么,经历了什么,因为我也经历太多了。我知道那种痛苦。"说完,他突然又大吼一声,"陆婉卿!"

陆婉卿从走神中醒来,看着张自强,眼睛发红。

"我爱你。我曾经爱过你。到现在为止,我也爱你。我的告白是为了到此刻为止所有的爱。我必须把它们说出来,说给你听。只有你,只有陆婉卿,才是我等待到现在的那个句号。"张自强的眼泪终于流了下来,他哭着继续说,"那么,你爱我吗?"

陆婉卿紧闭眼睛,流泪了。她张了一下嘴,却什么都没说。稍等一下,她深吸一口气之后说:"不爱。"

张自强忍不住无声地大哭。他跪在地上,拉着陆婉卿的手放在额头上,摸着她粗糙的手,眼泪流了出来。作为男人,这么多年,他都不曾哭过,此刻他感觉哭得酣畅淋漓。他的眼泪根本止不住,很多泪水落在陆婉卿的手上。

张自强呜咽着说:"我……我知道你不爱我……很奇怪,很可笑,对吧……你为什么要爱我……你甚至都没有用正眼看过我……我只是班上的'小透明'……哈哈哈……"张自强哭着哭着又笑了,"我……我不应该把这些强扣到你头上,你拒绝我是对的,是应该的。我是错的。"

陆婉卿把张自强的头拉到自己的膝盖上,用手摸着他

第十六章 熟人

的头。

"无论如何……陆婉卿……谢谢你。我真的……我真心地谢谢你。谢谢你隔了这么多年，还会出现在我生命中，还会拒绝我——尤其是谢谢你拒绝我。我知道，你说谎安慰我才是更让我痛苦的事。有很多东西需要你去背负，让我也可以借机恨你。"他换了一口气说，"但我永远不会恨你，你还是陆婉卿，我却已经是张自强了。"

张自强最后说："也许，这里就是梦的终结。陆婉卿，谢谢你，我终于可以不再爱你了。"说完，他站了起来，收拾了一下东西，准备离开。走的时候，他半侧着头说："再见了，"走出去的时候口中呢喃出了下半句，"——这一切。"

关门的声音在回响，陆婉卿捂着眼睛慢慢埋下了头。

过往

第十七章

关于儿子超越老子这件事

第二天,同事们也没太注意到张自强的变化。他倒是似乎更爱笑了,笑话一个接一个地脱口而出。大家都问:"张总,有啥喜事啊,这么开心?"张自强说:"哪里,哪里,没啥事。"从此之后,大家都觉得,之前他身上那股奇怪的格格不入感消失了。为什么呢?没人说得清。

张自强变得现实而普通,张口闭口都是房子车子。他擅长直接或者间接展示自己很成功的事实,又喜欢表现自己很优秀也很累。他在和女性独处的时候,经常表现自己异常脆弱的一面。是啊,从小贫穷又没有父亲,家里有个老母亲要养,手下还有这么多张嘴,他哪里不像是一个优秀上进又脆弱,需要温柔以待的男人呢?他经常能和不同的女性亲密相

第十七章 关于儿子超越老子这件事

处。不过,谁要是当着他的面谈诗歌,他都会鄙夷地说:"这玩意儿有啥用?"他大段大段讲着他曾经读诗却啥用没有的例子。当然,没人敢质疑他,都恭维他,他方方面面都变得非常像别人口中所称呼的"张总"。

没几年,张自强跳槽了,自己单干,成立了销售公司,还几乎挖光了之前公司的销售团队中厉害的选手。这下,"张总"这个称号坐实了。当然,他还是更喜欢别人叫他查尔斯,但也不强求。当然,这些年他吃了不少,喝了不少,身材也有些发福了,但他依旧对自己的魅力很有信心。在他看来,这个世界几乎就是围绕着他在转。

他对母亲开始有点儿敷衍,这不是说他不爱母亲了,只是尽孝心的频率下降了一些,他太累了。但是张燕对此毫不在意,时常让他不必来看望自己,知道他累,让他多休息。不过,张燕倒是时常问他什么时候领个媳妇进门。张自强每次都只能回答,快了,快了,在努力寻找中。在张燕看来,这个儿子是有出息了。在张自强看来,他要得太多,这世界还没给够他。而爱情呢?他想着等他赚到足够多的钱了,也等他玩够了,就找一个年轻漂亮又傻傻的女孩子结婚,这么过一辈子吧。在此之前,他更需要做的还是全力享受成功之后被人恭维和膜拜的感觉,不管男人还是女人。他失去了曾经支撑着他活下去的理由,只能渴望更多的成功、更多的钱、

过往

更多仰慕他的人。活着的理由？什么仇恨和爱都是扯淡，成功成了唯一的目标。

新公司发展到现在还不错，最近又拿下一个订单。张自强订了一个饭店包间，组了个饭局，准备带几个人去吃一顿，也带上了公司新来的前台冯丽丽。冯丽丽很漂亮，才大专毕业，没什么社会经验，张自强有自信把她拿下。

到了下班时间，突然收到一封重要的邮件。张自强告诉所有人先去饭店，去了直接开吃，不用等他。饭店提供的是他们设计好的一整套菜系，不需要单独点菜。等张自强到现场的时候，发现大家面对满桌的菜都没动筷子，在等他。张自强很满意。看到冯丽丽旁边有个空位，他更满意了。他从容走过去，一屁股坐下，开始招呼大家。

"哎——我说一句，"张自强等全部人都看向他之后说，"我今天晚到了，辛苦大家等着我。我过意不去，自罚三杯，下不为例。"说完，立马给自己倒满了高度白酒。

"哪里哪里，张总每天事情确实多，我们都看见了。"一个人说道。

"那也不应该让大家等我。我先喝一杯。"张自强说完就仰脖喝了一小杯。

"不过呢，我边喝也边说啊——"张自强继续给自己倒酒，满上之后说，"除了自罚三杯之外呢，我也祝贺咱们团队啊，

第十七章 关于儿子超越老子这件事

今年大家都干得不错。我很满意,我想大家也都对自己很满意。这一杯,我敬大家。"说罢,又喝了一杯,然后熟练地把杯口朝外对着人,展示空空如也的杯底。

"最后呢,我其实想和大家一起干一杯。我们自己敬自己,敬我们团队,敬我们公司。最重要的资源是什么啊?是人才!这里坐的每一个人,我可以放心地告诉大家,你们啊——个个都是杰出人才。我们在一起,一定能干出一番事业,今年比去年好,明年——还要比今年更好!"说罢站了起来,"来!"

所有人都站了起来,张自强说:"为了咱们公司,干了!"所有人都喝了这杯酒。张自强看了一圈坐下的人,用筷子指着菜说,"别客气,大家吃啊!"说罢夹了一块鱼。所有人开始动筷子吃饭。

吃饭的时候,张自强一直在看冯丽丽。他的目光丝毫不加掩饰地钉在冯丽丽身上,又到处游走。冯丽丽似乎能明显感觉到张总的目光,像是一只手指在她身上滑动,这让她很不自在,但是她不敢表现出来。张自强敏锐地捕捉到了这个信号。他觉得自己要稍微收敛一下,于是说:"我们冯丽丽同学啊,才来咱们公司不久。唔——"他沉吟了一下又说,"丽丽家在农村,但自己是大学毕业生,是一个非常努力的女孩,在咱们公司当前台属于屈才了。哎,丽丽,你自己是怎么想的?我初步的想法是未来把你往客户代表的方向培养。"

过往

其实冯丽丽只是大专学历，她很感谢张总捧了她一下。听到后面，她很惊讶，没想到才来这家公司没多久，就有这样的待遇，急忙说："谢谢张总。"

张自强又说："没啥谢不谢的。既然来到了公司，大家都是相互成全的。你看看他们，"说着，他用手指了一圈酒桌上的所有人，"他们中很多都是陪我打天下的老同志了，之前过得也不好，来咱们公司之后和我一起拼搏，一起奋斗，终于也有了今天——咱们几个泥腿子也算是登堂入室了。"说着便发出一阵大笑。所有人赔着笑。

冯丽丽看到这个场面，觉得这个公司还挺和谐的，似乎团队氛围很不错。她虽然考上了大专，但也是比较差的大专，读的也是很冷门的专业，在人才市场上多次碰壁，最后选择了这个公司。

张自强说："我都想过了，丽丽——"说着热切地看了冯丽丽一眼，"你当前台是没什么发展的。以后，你把咱们公司的人都摸清楚，业务也了解一下。公司会让你学习点儿别的东西，给你一些实践的机会。退一万步说，你未来就算不在咱们公司待了，在外面也好发展。"

冯丽丽有点儿受宠若惊，忸怩地说："我还啥都没干呢，赵总你……"

"啥？赵总？"

第十七章 关于儿子超越老子这件事

"噢,不是不是,我是说……"

"你这得自罚三杯啊。"

"不……不好意思!"冯丽丽红着脸说。

"哎,开玩笑的。你啊,看着就像我年轻的时候。你以后就别叫我张总了,叫我张哥吧,免得和赵总弄混了。"说罢,张自强笑了几声,"来,叫张哥。"

酒桌上的人们开始起哄,都撺掇着冯丽丽叫张哥。

冯丽丽害羞又有点儿无奈,喝了一点儿酒之后又晕乎乎的,就鼓起勇气叫了一声"张哥"。

酒桌上哄堂大笑,大家都鼓起掌来。

张自强用左手一把抓住冯丽丽的手,站起来,用右手做了一个"请"的姿势指着冯丽丽说:"大家都听到了,从此以后冯丽丽就是我妹了,大家不准欺负小姑娘啊。"

大家赶紧接话:"谁敢欺负张总的妹子哟。"

张自强坐下来,在酒桌下面依然牵着冯丽丽的手,他轻轻用大拇指在她的手背上轻轻划了一下,然后松开了。

冯丽丽感觉脑子麻麻的。她在入职的时候就知道张总的事情,只觉得他是个成功人士。不过对于张总的家庭,大家却说得不多。冯丽丽对此还挺好奇的。此刻喝了酒,她也想不了那么多,竟然觉得这个人还挺好的,愿意帮助自己。她家境不好,有一个好吃懒做、喜欢赌博的父亲,一个蛮不讲理的母亲，他们还时常吵架。她小时候，家里经常欠别人的钱。虽然最近几年情况还不错，但是她读书的时候就很想远离她的家庭，读完大专之后，更是一分钟都不想待在家里。她现在只想着，刚走上社会就能遇到一个不错的老板，真好啊。

张自强此刻又收了一下，开始在酒桌上大谈创业不易。大家推杯换盏，都说起那段艰苦的时日。冯丽丽听得有点儿入迷。张自强很能拿捏说话时的情感传递，在描述一些吃苦的场景的时候，会疯狂添加各种细节，以便显得无比真实；在描述一些内心动态的时候，他会说得很引人入胜。

"那会儿，我吃住都在公司，大家知道的。床？哪有什么床，去厂房拿两个硬纸板往办公室地上一铺就是个床。一个枕头、一卷薄被就算挺不错了。那个地板，你们知道是那种大理石地板，白天人在上边走来走去，晚上一摸，全是灰。到晚上的时候，热得受不了，又没空调，一身汗。后来那个纸板用了几次，用不了了，为啥？被我的汗泡烂了。晚上睡觉根本就是打个盹，一会儿就要被热醒。洗澡？哪像现在啊，回家慢慢洗个热水澡。那个时候直接进厕所，把门一关，赶紧把衣服脱光，用冷水冲一下全身。一天冲好几次，最后一身自来水的味道。"

说完这些，张自强抬起头，眼睛望向包厢挂着的巨型玻璃吊灯，停顿一会儿之后，接着说道："那段日子真是又苦

第十七章 关于儿子超越老子这件事

又值得怀念。"

冯丽丽仔细听着这一切,望向张总,大大的眼中闪着光。

张自强此时却一眼不看冯丽丽,又讲了几个故事之后,把话题转向未来的发展上面。他描绘了宏伟的蓝图,大家似乎都完全相信一定会实现。

到最后,大家都已经喝了很多酒,开始你一言、我一语地瞎聊。其间有人说了些荤段子,张自强却一个都不讲,只是微笑,偶尔和冯丽丽的目光碰到一起,又很快弹开。

散场的时候,冯丽丽站起来的瞬间晃了一下。张自强眼尖地立马把住了她的上臂,关切地问:"你还好吧?"冯丽丽之前坐着的时候已经很晕了,此刻站起来立马觉得天旋地转。她说:"还……还好。"此时包间里的人都迅速离开了。张自强关切地问冯丽丽:"你家在哪?准备怎么回去?"

"有点儿……有点儿远。我打车?"

"好像不太安全,你自己一个人回去真的没问题吗?"

"我……"

"我叫个代驾吧,先把你送回去,再送我回去吧。"

"……好……好吧。"

张自强带着冯丽丽走出饭店的时候,其他同事都已经走了。他叫了一个代驾,把冯丽丽送到自己的车的后座上,自己也坐到后排。这辆车是张自强买来撑场面的豪华轿车。

车往冯丽丽家的方向开。

从车窗望出去,一个个路灯向后溜去。迷离的眼睛看见灯光拖拽出黄色的轨迹,又立马追上下一个灯光轨迹的尾巴。

张自强轻轻握住了冯丽丽的手。冯丽丽没有反应。他一点点抚摸冯丽丽的手,轻轻用劲捏她的手掌。他十分享受这一切,冯丽丽的手捏着软软的,像刚蒸出来的小馒头。张自强感觉到了自己的激动。他的手向她的手臂上滑去。冯丽丽嘴里似乎在说什么,可是没有发出声音。张自强用手扶住了她的腰。他收了收劲,把冯丽丽向自己这边拉了过来。

冯丽丽全身一抖,轻轻惊呼:"张总!"

张自强不答,他相信有代驾在,冯丽丽不会喊出声。可他也知道了冯丽丽此刻的底线。一切都在意料之中。他不再进攻,而是把手放在冯丽丽的腰上,轻轻地摩挲她的腰,静静听冯丽丽的呼吸声,细细看冯丽丽闭上的双眼的睫毛颤动。冯丽丽就这么被张自强把玩在手中,像一匹受了惊的小鹿被安抚。她不敢叫出声,也不敢做出激烈的反应和抵抗。她甚至在想,现在经历的都是正常的吧?

"到了。"代驾忽然说道。

冯丽丽一把将张自强的手拽了出来。

张自强给代驾付了钱,代驾离开车走了。

冯丽丽还紧紧抓着张自强的手腕,开口说:"张总……"

第十七章 关于儿子超越老子这件事

"丽丽,你抓着我的手干吗?"

冯丽丽立马把手放开,可是这个时候张自强又揽住她的腰,轻轻地。冯丽丽吸了一口气,鼓起勇气说:"张总,我要回去了。"

张自强说:"你是不是该叫我张哥?"

冯丽丽说:"张总——你喝醉了。"

张自强说:"你不叫我张哥,我就不放你走。"

冯丽丽无奈,沉默了一小会儿,轻轻叫道:"张哥。"

张自强突然紧紧搂住冯丽丽的腰,嘴巴凑到了她的脸上,说:"好妹妹,哥哥爱你。"

冯丽丽一边左扭头、右扭头躲闪,一边说:"不要……我不要……"

张自强用右臂紧紧箍着冯丽丽,让她没法躲避。她年轻、美丽,还会恰如其分地反抗。她的每一下反抗,都让张自强无比兴奋。张自强极力享受陷阱中的猎物挣扎带给他的快感。他把冯丽丽脸上痛苦的表情看作一种嘉奖,对自己整场狩猎的嘉奖。难道自己不应该得到嘉奖吗?他花了这么多精力去捕捉这只可爱的小鹿,难道不可以观赏她绝望的挣扎吗?张自强告诉自己,自己没有错。这只小鹿即使不死在自己手上,也会被别人夺走,那还是由自己享受吧。冯丽丽的双手在胡乱拍打,一掌打到了张自强脸上。张自强有点儿气恼——这女娃怎么这么不懂事！张自强说道："别挣扎。听明白了吗。"

冯丽丽的双手变成了两个捏在心口的拳头。她好像流泪了。

"听我说，你在我们公司，有我。我可以帮你很多。你不是想逃离之前的生活吗？我会帮助你的。否则，你就会依然生活在贫困中。"

"不……我不要……"冯丽丽哭出声来。

"你忍一忍，很快就会过去。我会给你很多钱，给你买很多礼物。"说完这些，张自强的语气变得异常强硬，"别惹我生气，你在这儿无依无靠的！"

冯丽丽不再抵抗，只是哭……

冯丽丽在张自强的眼中，是一个被征服者，他用钱和地位征服了她，这种征服感超越了一般的快感。冯丽丽轻微的反抗和不配合，就是给征服者的奖励。谁说作为李乾坤儿子的我一定一辈子窝囊，我靠自己的双手挣回了一切！金钱、女人，统统被我征服。我是张自强——是强奸犯的儿子，但我也是——世界之王！

一切结束后，张自强有点儿颤抖地说："你……这血……你是……"

冯丽丽放声大哭。

张自强故作镇定地一把搂住冯丽丽，说："别担心，我

第十七章 关于儿子超越老子这件事

会对你负责的。"

"你……你毁了我……我这一辈子的清白没了……"

冯丽丽的哭声在车内震荡,几乎把张自强挤扁了。张自强一瞬间就感觉到了悔恨,他不应该这么做。可是他做错了什么呢?他想不清楚。也许只是某一瞬间,他终于又能感受到别人的痛苦了。是冯丽丽用哭声告诉他的,还是用血告诉他的?他搞不清。

"要不这样,你……你做我女朋友吧?我会好好对你的。"

"你滚!我不想要你这样的人做我男朋友,你不配。"

"可是事情已经发生了。"

"都是你干的!我好恨你。我有我自己的人生,可你就把它毁了!"

张自强沉默了。他不知道该说什么,想尽量安慰冯丽丽,却张不开嘴。

冯丽丽吼道:"你知道我多痛吗?你知道这种感觉吗?"

张自强突然想到了母亲。他更沉默了,瞬间回忆起了太多。他拼搏的路、儿时的贫困、被人施加的白眼、曾经梦中的女孩,到最后,一切都回到了那场大雨,母亲拖着他的手走入暴雨中。他此刻回忆起了那场暴雨打在他身上的感觉,非常真实,雨珠在他身上爆裂开来,他被母亲拽着大步往前走。

冯丽丽胡乱地穿上衣服,张自强怔怔地发呆,没有反应。

过往

直到"砰"的一声传来,才把张自强震醒,是车门被冯丽丽甩上了。

第十八章

张燕出马

张燕得知张自强进了看守所的时候,正在家里看电视。一个电话打来,张燕接起的时候听到:"喂,你好,你是张燕吧,我是你儿子张自强的委托律师朱律师。你儿子……"

张燕没听他把话说完,就把电话挂了。张燕想,这些年诈骗电话可太多了,这些骗子怎么搞的,连她和她儿子的名字都知道了。

她正在想的时候,电话铃声又响起了。

张燕听着电话铃声,不知道为什么,感觉有点儿心惊胆战。她犹豫再三,还是拿起了听筒。

"喂,你怎么挂了电话,我不是骗子啊。你儿子张自强涉嫌强奸被关到看守所了。你儿子的身份证号,要不我给你

报一下？或者你去看守所核实一下？"

张燕此时已经很老了，满头白发，眼窝深陷下去，满脸都是老年斑。她愣了好一会儿才反应过来是看守所。儿子张自强这么好，这么孝顺，这么争气，怎么会被抓到看守所？肯定是被冤枉了。她在电话里面反复询问，包括张自强的公司、长相等信息，她又问了案件的细节。朱律师也没有说得太明白，只让张燕来律师事务所详谈。

张燕害怕去了律师事务所发现是骗子的圈套，思前想后，还是准备先去看守所见张自强。她急匆匆下了楼，站在车水马龙的大街上，才发现自己连哪个看守所都不知道。她又急忙赶回了家。她先回了电话给朱律师，问清楚了看守所的地址。她忍不住喋喋不休又开始问案件的细节，可对方也不知道。挂了电话，张燕又发了好久的呆。然后她开始收拾东西，首先是钱，多带点儿，儿子需要。他是犯了什么事？对方在不在看守所？能不能把这些钱塞给对方，让他们就这么算了？张燕想着这些有的没的，开始收拾。吃的、喝的、衣服、钱，她塞了满满一包都没塞完。她想着，看来得拿出来点儿，先把羽绒服掏了出来，又把秋衣秋裤往外掏。这些都是张自强的旧衣服，他还穿得上吗？张燕最后还是整理了很大一包东西。她像一头牛一样，把这一大包东西驮在背上，出发了。

她到了看守所，却连大门都进不去。她也不知道怎么办，

第十八章　张燕出马

就想问问门卫，可门卫根本不回答她的问题。后来看见一辆车开了出来，她直接拦了上去。门卫想来拉开她，可她就是不走。在太阳下纠缠了好一会儿，车上下来一个穿白衬衫的中年人，问她到底怎么了。张燕好不容易说清楚了整件事。

中年人告诉她，第一，没有判决的犯罪嫌疑人不允许亲人探视，有事找律师；第二，这个"张自强"是不是在看守所，可以让人帮忙核实一下。说完，他就又跳上车走了。

没多久，从看守所里面出来一个年轻小伙子，拿出了一张打印着张自强照片的纸给张燕看，问她这是不是张自强。张燕一看到照片上的张自强立马就哭出来了。她确定了朱律师没有骗她，张自强真的进去了。小伙子又劝了张燕一会儿，告诉她有事找律师，然后径直回看守所了。

看守所附近没有树木，光秃秃的。张燕在烈日下晒得有些头晕目眩，她只觉得，看守所开门的时候没有一点点声音，关门的时候却发出了这么大的声音。

她好不容易顺着地址找到了律师事务所，朱律师对张燕倒也没说什么多余的，可能他觉得张燕对这种事也没啥大的帮助。不过朱律师对她说了一句，如果能取得对方的谅解书，量刑上就会好很多，还告诉她，这是她能做的为数不多的事情之一。

张燕问："谅解书是啥意思？"

过往

"就是和对方的家人谈，让他们手写一张单子，上面写上对张自强的罪行的谅解的话，然后签字按手印。"

"有了这个，张自强能出来吗？"

"不行。还是得坐牢，但是会少蹲几年。"说罢，律师叹了一口气。

张燕也叹了一口气，她找律师要到了对方家庭的地址，准备去试试。她到现在才能认真思考整件事情。她现在只想赶紧去找冯丽丽家，想方设法拿到谅解书。

第二天，张燕出门了。冯丽丽家在城市近郊。张燕坐公交车换了几站，然后又走了很久才找到。走近冯丽丽家的时候，她看见一栋带水泥院坝的小楼。门没锁，她推门走了进去。路过水泥院坝，她想起了自己和钱多宝的那个家，也有这么一个小院子，在那片水泥地上发生了好多事情。她走到门口，正准备叫唤一声，却看到冯家都在里面看电视。

一个女孩眼神呆滞，咬着手指头看着地面，头发乱糟糟的，大夏天穿得严实极了，花花绿绿的棉衣棉裤，一双粉红色的棉拖鞋。再往里面看去，一个穿迷彩外套、一副农民工打扮的中年大叔，还有一个穿得很臃肿、也是花花绿绿的中年大妈，分别坐在椅子上。大叔和大妈一边吃着花生，一边聚精会神地看着电视，不时爆发一阵大笑。张燕想，这应该就是律师口中的冯丽丽、冯大全和蔡琪了。她在门口喊了一声："有

第十八章 张燕出马

人吗?"

蔡琪一边吐花生壳,一边快速转过头招呼:"谁?你找谁?"说完又快速把头转向电视,吐出一口花生壳,笑得咧开了嘴。

"我是张自强的妈妈张燕。"

蔡琪立马惊叫一声:"呀!你就是强奸犯张自强的妈啊?"她一副突然来气的样子,眉毛上竖,满脸怒容,抄起扫帚就要打张燕。冯大全拦住了他。

张燕站在原地,她知道蔡琪还有很多怒火要发泄,得等着。

蔡琪一边和冯大全拉扯,一边叫骂:"你家强奸犯张自强毁了我女儿的清白,你还上我家来干啥?耀武扬威吗?像张自强这种强奸犯,抓到就该直接毙了,留在社会上也是祸害。"

"对不起,实在对不起。"

"啥?对不起有啥用?我们丽丽一辈子都被你家张自强毁了。她还是个黄花闺女啊,这可怎么嫁人啊!我家丽丽从小就是个好孩子,孝顺,长得又漂亮,你们那个挨千刀的强奸犯怎么下得去手啊。我的丽丽啊——"说着,她把扫帚一甩,往地上一坐,双腿使劲胡乱地蹬起来。

冯大全抓住她的衣袖,想把她提起来,却又提不起来。

蔡琪蹬起了很多灰尘,她在飘浮着的灰尘团中一会儿尖叫,一会儿污言秽语,一会儿号啕大哭,一会儿恶毒诅咒,一会儿乱吐口水。张燕看着蔡琪想起了一个人——她的婆婆王芳。

蔡琪就这么闹着,张燕在旁边站着,不时说两句道歉的话。过了好久,等蔡琪闹得差不多没什么体力了,张燕说:"对不起啊,冯家人,是我儿子不对。我今天来这里也是想弥补的……"

"你怎么弥补啊!你可怎么弥补啊——"蔡琪高呼一句,声音又低了下去。

"丽丽未来还有一辈子要过,我们出钱赔偿。如果可以的话,谅解书……"

"你个挨千刀的是想用钱买我女儿的贞操啊!"

"不……不是买……是赔偿。事情反正已经发生了,谁也没法……"

此时旁边的冯大全插嘴问道:"多少?"

张燕愣了一下,试探性地说出:"十……十万?"这些钱是她这些年攒下的全部。张自强自己有多少钱,她一直不知道。

"不够。"冯大全平静地说道,"一百万。"

张燕听到冯家人提出的这个金额,整个脑袋"嗡"的一声涨得老大,感觉眼前轻微一黑,眼前的事物像密密麻麻的小黑蚁。她嘴里面反复呢喃着:"一……一百……一百万……

第十八章 张燕出马

一百……万……"

冯大全说:"别欺负我不懂。张自强有钱。"

蔡琪接着说:"你个挨千刀的啊,你们家明明有那么多钱,却只拿出来十万啊!你们这是打发叫花子呢?我可警告你,你叫张燕,是吧?张燕,"她接着说,"你儿子张自强犯的可是强奸罪,你要是还这样,我们就不要赔偿了,坚决要张自强在里面蹲久点儿,蹲死在里面!"

张燕被这句话吓住了,她知道强奸犯在监狱里面是不好过的。她缓缓跪下来说:"冯家人……我是对不起你们啊,我儿子也对不起你们啊,我张燕教子无方,但是我们还是要往后看哪。一百万,我是肯定拿不出来啊,这十万,已经是我这么多年打工攒下的所有钱了,我真的没有那么多钱了。"

冯大全说:"你去找张自强,他有钱。"说完,便不再和张燕多说,赶着她出了院门,然后上了锁,转身回了屋子。

张燕在院门口站着,努力地思考现在应该怎么办。可是因为衰老,她的脑子已经转得很慢了,一站就像发呆一样站了好久。她听到了院子里面又传来了电视的声音,还有笑声。她又回忆了一下刚才冯丽丽在干吗,冯丽丽一直在角落里什么都没做,就在发呆。她完全迷糊了。

在烈日下,张燕又回了家,累倒在沙发上。她想着,一定要给儿子弄来一个谅解书。可是今天太累了,实在太累了,她甚至都没法思考了。没多久，她直接在沙发上睡着了。

第二天，她又打电话给朱律师，问了更多案件的细节。最重要的是，她想让朱律师问问张自强，他到底有多少钱能拿出来额外赔给冯家，以便拿到谅解书，没想到律师直接回复了她："阿姨，这个问题我之前和张自强谈过了，他明确告诉我，先和对方接触，把对方要求的金额告诉他，再由他决定。"

"冯家要一百万。"

"阿姨，你已经去过冯家了？"

"嗯。"

"好吧……阿姨，下次可以和我约个时间一起去冯家。"

"没事，我和他们先聊着。你告诉自强，他们要一百万……你跟自强说，要是有一百万，咱们就给了吧，对冯家姑娘是个补偿……钱可以再赚，早点出来……"

"好的。"

没过几天，张燕接到了律师的电话，律师转述了张自强的原话："一毛钱不给，不要谅解书。"

张燕还没来得及反驳，又听见律师接着转述的话："这种人我见得太多了。他要一百万，我们给了也绝对没有好下场。一毛钱也不给他们。"

"这……自强这是昏了头，怎么能不要谅解书呢？哪怕

第十八章 张燕出马

少蹲一天也好啊。不行,我们砸锅卖铁也得赔他们,拿到谅解书。"

"阿姨,这件事,我的委托人说过原因。他的大概意思是,谅解书这件事本身是一笔经济账,在一个范围内多点儿少点儿没问题。但是这种家庭,完全就是想要敲骨吸髓。你去谈,是肯定谈不出好结果的。同时他知道,冯家有个特别精明的大学教授,叫冯显。我们这边调查过了,冯家的事情背后都是他在操控。你玩不过他的。张自强的意思是,就这么算了吧。法律判下来,该赔多少就赔多少,该蹲多久就蹲多久。不用再考虑谅解书的事情了。"

"不行!"张燕怒吼一声,"张自强是我儿子,我得帮他!"

"阿姨……"

"朱律师,谢谢你。我自己找冯家去。"她挂了电话。

第二次和冯家谈判的时候,张燕去的是冯家安排的另外一个地方,是城里的一个老小区。张燕看到沙发上坐着一个戴眼镜的中年人。他穿着衬衫,看上去很儒雅。她进冯家门的时候,他是唯一一个表情和善的人。他自我介绍是冯显,冯大全的弟弟。

这次会面,冯丽丽没有来,除了张燕,还有冯大全、蔡琪和冯显。冯显一坐下就说:"哎呀,这么远,辛苦你跑这么一趟。这里是我家。"

"哪里哪里，没啥。"张燕甚至有受宠若惊的感觉。

"我们直接谈这个谅解书的事情吧。"冯显说。

"好。"

"张燕阿姨，我们还是需要一百万。"冯显说。

张燕一听这话，叹了一口气。

"张燕阿姨，我们不带情绪来谈这件事啊。冯丽丽的下半辈子，真的就被张自强毁了。"冯显说。

"可我家真的拿不出那么多。"张燕无奈地说。

冯显轻轻笑了一下，说道："我查过了，张自强的公司注册资金就五十万。通过各种可以查到的东西，包括他的旅行记录，他坐的都是头等舱，住的都是最高档的酒店。还有他名下的那台车，也是一辆八十万的豪华轿车。"他顿了一下接着说，"张燕阿姨，我不知道您说的'我家'包含这些吗？"

张燕确实不太知道张自强的财务细节，他走上社会后就很少和她说这些了。早年张自强哪怕穷得很了，也不会找母亲哭穷，后来他富裕了，也从不说自己具体的财务情况，只是给母亲买了很多礼物。张燕想了一下回答道："这些东西……我回头查查，如果能卖就卖了。但是张自强现在在看守所里，这些都是他的东西，我卖不了。"

冯显微笑一下，说："卖不了，是吧？"

张燕也觉得这个理由听上去怪怪的，也不知道该如何说。

第十八章 张燕出马

她只得说:"我自己有的全部钱,就是这十万,都可以给你们。"

冯显喝了口茶。

蔡琪立马插嘴道:"你家明明有那么多钱,就想用十万买我家丽丽的下半生?"

张燕忙说:"我不是这个意思。"

蔡琪骂道:"那你这个贱人是什么意思?你家有钱就了不起?就可以强奸别人?"

张燕说:"我不是这个意思。我没有说有钱就可以强奸别人。而且我家也没那么有钱。"

冯大全问:"你家开公司,坐豪车,什么叫'没那么有钱'?"

张燕说:"我确实不是很清楚自强的事情……"

蔡琪说:"你不清楚就可以不管不顾了?我告诉你,你儿子现在可是强奸犯!你难道没有责任?"

张燕绷着脸说:"我……我确实很有责任……"

冯大全突然打断她,说道:"强奸犯张自强的爹呢?怎么没来?"

张燕说:"他从小没爹。"

冯大全说:"我算明白了,你家就是不想赔我们,所以派了你来讨可怜。"

张燕忙说:"不是,真的不是……"

冯大全问:"你老公怎么回事?全部说清楚,你不说,

我们不相信你是诚心来谈的。"

张燕心里有些乱,她应该怎么说呢?她想了一下才说:"我老公叫钱多宝……"

冯大全打断说:"你老公姓钱,你儿子怎么姓张?"

张燕说:"我儿子跟我姓。"

冯大全问:"为啥?"

张燕说:"我老公没见到孩子就死了。所以孩子跟着我长大,他就姓张了。"

冯显说道:"我们还是说回正事吧。张燕阿姨,我们家真的不想把女儿的身体和下半辈子当作砝码与您讨价还价。咱们直说吧。您儿子开公司、坐豪车,您却说只有十万。这一点,我们不相信。我认为您的态度就不端正。我们找到您,是想解决这件事,然后帮助丽丽从阴影中走出来,继续好好活着,而不是找您讨价还价来的。我知道您儿子是个销售,也许您家里的人都挺会砍价的,但是我们真的不是来找您聊天的。"

张燕听着这些讽刺埋下了头,低声说:"可我真的没有钱了。"

冯显又喝了口茶。

蔡琪骂道:"你这个婊子!你儿子是强奸犯,你自己也不干净!教唆儿子强奸,事后又来装可怜。你给我滚出我家的大门!"

第十八章　张燕出马

冯显劝道:"嫂子,你别急。"然后又对着张燕说,"张燕阿姨,我们这边情绪激动了点儿,骂了人,给您道歉。"

张燕忙说:"没事没事。"

冯显起身,把张燕送出了门。

第十九章

落 幕

  第二天下午，张燕突然接到一个电话。她抓起电话听筒，听到的却是一阵不堪入耳的辱骂，对方痛骂她儿子是个强奸犯。张燕想问明白这个人是怎么知道的，却被挂断了电话。

  从这个电话开始，张燕家的座机就开始不停地响。每次她拿起听筒，话筒里传来的都是辱骂或者嘲讽，还有极个别的，说自己想要采访。张燕实在不解，在好几个电话之后，她终于知道自己上了"网"。可她也不是很清楚怎么上网，于是打电话给朱律师。她才说了自己是张燕，还没开口询问，朱律师就说："阿姨，我该怎么说你呢？"

  "怎么了，我想问个事情，今天有很多人打电话到家里，来骂我和自强。"

第十九章 落幕

"阿姨,你是不是自己去和冯家谈判了?"

"嗯。"

"他们把谈判的内容,还有很多事情发到网上了!"

"我知道。"

"但是他们发的内容对我们很不利啊。"

"嗯?"

"我给你念几段吧。你先别打岔,听我念完。"

"好……好的……"

"'大家好,我叫冯大全,是一个地地道道的农民。我家原本是普通的三口之家,虽然贫困,但是也很幸福美满。我有个美丽的女儿,叫冯丽丽,今年二十二岁。她从小孝敬父母,尊敬师长,认真读书。她刚刚大学毕业,进入了这个恶魔开的销售公司,当前台。'阿姨,这段我跳过啊,都是说强奸的。'恶魔张自强强奸了我懵懂无知的女儿,可怜我女儿还是处女啊。后来,恶魔张自强被抓捕了。我们家和张家有几次接触。'阿姨,这里开始说到事情了,你仔细听这些。'张家是个什么情况呢,他们家真的很有钱,下面这张图片是他们家的豪车,还有一系列证据在下面,说明了张家的财富情况。'阿姨,这里列举了很多关于张家有钱有势的证据。'出事之后,张家让恶魔张自强年迈的母亲张燕来我家谈判,她一上来没聊三句话,就说谅解书的事情。我家冯丽丽的死活,她是一点儿也不顾,

过往

只想着搞到谅解书！这已经是第二次了，第一次我们把她赶出去了。这一次，我们压抑着巨大的愤怒，想听听她到底要说什么。这里有当时的录音，大伙可以听听。她说张家一共只有十万元。大家听听！开豪车的张家只有十万元！'阿姨，这里有些话我就不念了，最后他们还有一段话大概是这样——'我们冯家是穷人，一辈子务农或者打零工。我们无权无势，面对张家这种有财富有背景的家庭，我们很被动。我们今天站出来揭露这件事情，不是为了别的，就是想为我家丽丽讨回一个公道，更是为贫困的人讨回一个公道！这不仅仅是我家的事情，而且是所有不能发声的穷人的事，希望大家关注！希望法律能还我们正义！"

张燕听着这些话，心如刀绞。她忍不住想辩驳，眼泪却先流了下来。

"阿姨，这事不好办哪。"

"我……我现在想不清楚事，听不了电话……朱律师，我能回头找你吗？"

"好……"

张燕才放下电话，又接到了一个电话，举起听筒一听，是一个年轻的女声："喂，你好，请问你是张燕吗？"

张燕纠结了一下，说道："我是张燕。"

"你儿子强奸了别人，你为啥还要帮他辩护？同为女人，

第十九章 落幕

你难道不能切身感受到那个女孩子的痛苦吗？你知道你有多可恨吗？你这种母亲，怪不得会教育出一个强奸犯儿子！你儿子直接枪毙吧，还活着干吗。"

张燕没说话。

"喂？怎么不说话？你是不是心虚了？"

"我不知道说什么。张自强确实对不住那个女孩子。"

"那你为什么还要上门逼着人家签谅解书？你们就不能先好好道歉吗？"

"我一直在道歉。"

"那你儿子呢？"

"我儿子也很羞愧，一直在反省，也想跟对方说一声对不起。"

对方稍微沉默一下，说："你们道歉肯定不是真心诚意的，肯定是奔着骗到谅解书去的。"

"不管是我还是我儿子，我们的道歉都是真心的。"

"如果是真心的，为什么你们不拿出钱来赔偿？我看帖子里面说了，你家很有钱，你们却只想拿一点儿来赔偿受害者！"

"我家没有那帖子里面说的那么有钱，我现在已经拿出我全部的钱了，还准备把汽车卖了筹钱，不是网上说的那样。"

"不可能！你能拿出证据吗？"

"你要什么证据？"

"帖子里面都说了，你家很有钱。你肯定是出来装可怜的！"

"我没有装可怜，我也不可怜，我只是想帮帮我的儿子。那个帖子里很多东西说得都不对。"

"你说别人不对，那你怎么不上网把你的真相说出来？你不是占理吗？你发帖啊！"

"我不会。我不会上网。"

"那你为啥不让你儿子上网发帖？"

"我儿子在看守所里面……"

"那你去探望，让他把话告诉你，你再来发帖不就好了？"

"我不会发帖。就算我会，之前警察也告诉过我不能乱说话。"

"哼！你肯定是心虚了，才不敢在网上发帖！"说完这句话，对方就匆匆挂了电话。

从这个电话起，每一个打进来的电话，张燕都接起来。如果是辱骂，她就等对方骂完了再解释；如果是像这个电话一样，先把自己当作警察去问询，再把自己当法官去审判，她就有问必答，最后再解释。不过前面这种单纯的辱骂的电话经常骂完了就直接挂掉，让张燕没机会解释，而后面这种替他人伸张正义的人，也总是在匆忙中挂断电话。

第十九章 落幕

张燕越接越累，到最后耳朵嗡嗡响，嗓子哑了，同时感觉心脏也有点儿不舒服。她尽量接起电话，跟陌生人解释他儿子的事情。也许解释清楚了，就好了吧？到最后，她实在心脏疼得受不了，就把听筒拿起来没放下去，电话就再也响不起来了。

虽然她觉得自己也许有地方做得不对，比如没有教育好张自强，比如自己一个人就去找冯家了，可是这些辱骂就是应该的吗？她已经不再是那个会与之对骂的悍妇了。她更忧心的是，自己没法弄到谅解书了。没有谅解书可怎么办呢？张自强这会儿在看守所有没有干净被子？被人欺负了没有？她擦了一下眼泪，想着要不先去把车卖了吧。可是应该找谁卖呢？儿子肯定不同意，手续上能不能通过？除了车，还有什么能卖呢？

张燕这几天到处跑，早就没了平时的模样，蓬头垢面的。但是她还有好多事情要做，第一件就是把车卖了。她问了好几拨人，在城里到处找能买这辆豪车的人，最后最高的报价竟然只有十万。这辆车被开走的时候，几乎像是偷来的黑货。张燕还尽全力到处借钱，最后只借到了快五万。她数了数，所有钱加在一起接近二十五万。脑海里面有个声音告诉她，自己已经尽力了。但是每次有这个想法，她都狠狠地摇摇头，还不够。她强撑着站起来，继续找钱。

过往

当她再出现在冯显家门口的时候，冯家几乎没有人能认出她来。她太瘦小了，头发也全白了，还戴着一个别人给的助听器——几乎一夜之间她的耳朵就聋了。冯显还是把她迎进门。

张燕有气无力地问："你们在网上发的帖子什么意思呢？"

冯显一脸担忧地说："哎呀，真不好意思，是丽丽她妈气不过，忍不住发的帖子，我这边也很无奈。我们都跟她说了，别再发帖了。"张燕听了只是无力地笑了一下。

蔡琪脸上一点儿表情也没有。

冯显让她坐在沙发的客厅上。冯大全开口说："直接说吧，现在有多少了？"

张燕问："怎么？这次不是我先提的钱吧？"

冯显笑了笑："不是！当然不是。"

张燕又问："还录着音？"

冯显脸上的笑容慢慢收敛了，端起茶杯喝了一口茶。

蔡琪立马破口大骂："张燕，你什么意思？录音怎么了？我家就爱录音不行啊？要想人不知，除非己莫为，你家张自强要是不强奸，你要是心里没鬼，怕录音干吗？"

张燕一点儿表情都没有，也没有答话。

冯显转过头对着蔡琪，说："哎呀，你就少说点儿。"然后又对着张燕说，"不录音了，这次不录音了。"说罢小

第十九章 落幕

声嘀咕了一句,"不过要是不录音……网上的人都还挺有正义感的……"

张燕感觉心里面有点儿绞痛,她不理会冯显,捂着心口说:"这一次,我拿了二十五万。这是我所有的钱,加上把车卖了,还去跟别人借了,这是所有的钱了。"

蔡琪看着这一堆钱,表情呆滞,沉默不语。冯显则像完全没看到。冯大全则问:"真找不到别的钱了?"

张燕说:"你们就算杀了我,我也找不到别的钱了。"

冯大全问:"把车卖了?"

张燕说:"卖了。"

冯大全说:"本来嘛,我都不想要你这钱。因为张自强是在这辆车上强奸我家丽丽的——这卖车的钱我都嫌脏。"他转而问道,"为啥只卖了这么点儿?"

张燕说:"这是我找到的出价最高的了。"

冯大全直愣愣地盯着张燕说:"你家房子呢?"

张燕说:"一时半会儿卖不了,房子过户麻烦。"

冯大全皱了一下眉头。

张燕忍着心痛说:"我也跟你们说实话吧。你们什么计策都用了,我是真的已经把所有钱都拿到这里了。你们要是愿意写谅解书,就写吧。要是不愿意,还嫌不够,那我也只能把这些钱抱回去了——不管你们信不信,我只有这些了。"

蔡琪脸上似乎有不忍的神色，对冯显说："要不就这么算了，我看张燕确实……"

冯显说："哥哥，要不你陪嫂子出去逛一圈？"

冯大全正准备带着蔡琪出去。

冯显说："张燕阿姨，您有身份证吗？我可以介绍一个贷款公司给您。"

蔡琪再也忍不住，转过头，大喊一声："冯显！"冯大全倒是没什么反应，不过他也小声嘟囔道："估计也就这些了。"

冯显皱了皱眉，责怪地看了一眼冯大全两口子，又舒展开眉头，笑着说："张燕阿姨，您没有骗我，对吧？我一直都是很真诚地与您沟通的。您不至于会骗我吧？"

"你确实很真诚。我没有骗你。"说完这话，张燕感觉心脏传来剧烈的绞痛，几乎让她不能呼吸。她捂着胸口跪倒在地上。

冯大全笑着打趣道："现在还心疼钱呢？"

蔡琪走过来，蹲下问："你没事吧？"看张燕表情确实不对，也不多说，背起她就往外走。她没想到张燕这么轻，几乎没有感受到她的重量。

蔡琪背着她在小区飞奔的时候，小声说："唉，我不知道怎么说，张燕哪……"

"我们都是母亲，对吧？"张燕回了一句。

第十九章 落幕

蔡琪听到这句话,心中五味杂陈。她想了想,说道:"无论如何,不会要更多钱了。我回去说服冯显。谅解书我给你写了。"

张燕听到这句话,流泪了,没有发出声音。蔡琪知道她流泪了吗?不知道。张自强知道她流泪了吗?不知道。她自己知道吗?也不知道。

到了医院之后,张燕的心脏已经没那么疼了。她直接告诉蔡琪,不用去找医生了,自己也没钱去看病。蔡琪没有回答。张燕让蔡琪回家去,她自己也准备回去。

蔡琪问:"远吗?"

张燕回答:"不远,几步路就到了。"

蔡琪说:"好。"然后一步三回头地去了。

张燕也开始往回走。在路灯的映照下,瘦弱的张燕却拉出了一个巨大的影子,在地上不怒自威地走着,像一个狂乱跳舞的巨人。

做了这些事,张燕觉得自己终于尽到了一个母亲的责任。可当她从朱律师那里知道冯家收了二十五万,却并没有提交谅解书的时候,她整个人都呆了。她很想拉着蔡琪的衣领质问,为什么要骗她,可是她转念一想,算了。

算了吧,去问又有什么意义呢?没有提交谅解书,法院就不会减少刑期。她作为母亲,又一件事失败了。她现在倒不在意具体会判多久,她始终在为自己的失败而内疚。或许张自强一开始说的就是对的,自己做的这些事情都是错的,浪费了好多钱啊。这些钱,是她根本不敢想象的天文数字。她还把儿子的车贱卖了。她担心儿子会责怪她。是啊,八十万买的车十万就卖了,现在想来也不可思议,为什么这么傻呢?她真是失败啊,一辈子都是失败的,什么也没做好。

从什么时候起,张自强就是她活着的理由了呢?张燕死活想不到这个问题的答案。张自强小时候,她每次从他脸上依稀看到李乾坤的模样,都会升起一股恨意。这股恨曾经吞噬了她。她是从什么时候开始忘记这种恨的呢?从某个瞬间起,她的生命就完全交给了张自强。她的整个后半生,都是这个缓慢的"瞬间"?

张燕突然想到了一件事。这件事是她可以做到的,而且会对张自强有帮助。她不知道网络具体是什么,也不知道冯家为什么可以在网上搞出这么多事情,但是她相信这一次她一定可以为她儿子发声。她几乎没有思考就决定这么做了。她联系了几家报社,打电话过去,告诉他们一大早去冯家在近郊的屋子。她说那里一定有新闻可报道。

天不亮,张燕就带着绳子出发了。她又回想起了去镇子上散步的那个大清早,这是她下半辈子的起点。现在,她要去面对她的终点。

第十九章 落幕

到了冯家院子，她看了看铁栅栏，用绳子打了一个结，从镂空的栅栏上面绕过来，比画了一下高度。自己要高一点儿，还是矮一点儿呢？矮一点儿，万一死不成怎么办？高一点儿，自己又够不着……她自己摸索着选了一个合适的高度。大概就这里吧。她在家里留了一份遗书，已经把前因后果都写清楚了。大概写清楚了吧？她也不知道。唉，无论如何，现在也来不及改了，就这样吧。她踩着栅栏往上爬了一点儿，感到很困难，自己这老胳膊老腿的，老了！好不容易整个人趴在了栅栏外，倒像个扒火车的少年呢。嘿嘿，想不到老了还能选择这么年轻的死法。她笑着把头放进了绳套里面，这就是最后一下了，跳下去，一切都结束了。她所有能做的事情也结束了。

呼吸，深呼吸，在人世间的最后几下呼吸。张燕认真地思索着自己的一生。算了，不想了，她的一生也没啥事情可以想。脑海中最后一个问题是：张自强现在干吗呢……

没想完，她就跳了下去，只一瞬间世界就黑了。

第二十章

回到竹林

最先发现的,竟然是冯丽丽。她一般不会起这么早,不过今天不知道为什么就想上厕所,却看见自家大门上挂了一个东西。她走过去一看,竟然是吊死的张燕。她吓得一瞬间就尿在了自己的裤子里面。

后来冯大全有一次在麻将桌上抱怨:"这该死的张燕,把我女儿吓疯了!本来就不好嫁了,这下更没人要了。我们冯家和他张家是不是上辈子有仇啊?先是张家儿子强奸了我女儿,又是张家妈来吓疯了我女儿。"说着,他嘬一口烟,"总共才二十五万,就买了我女儿一条命,你说这可气不可气!"突然他眼光一闪,"胡了!"说着,把麻将牌一推。

张自强得知这个消息的时候,立马就哭了,哭得失去了

第二十章 回到竹林

力气，一整天表情都是麻木的。做什么事情的时候，他都会突然愣住，眼泪就流了下来。

之后的几天，张自强所有自由的时间几乎都于构思或者尝试自杀。这给看守所带来很大压力，看守所安排了更多犯人看住张自强。大家都好言好语劝着。

结果最后是狱友大黑跟他说了几句话，止住了他自杀的行为："小张啊，首先，好汉做事好汉当，你把刑期服完，也算偿了罪，对不对？那个时候，你出狱了，想自杀就去，哥们儿敬你是条汉子。"

张自强没有任何表情。

"其次，你不看看你妈的遗书写了啥吗？对不对？你妈一辈子这么苦，给你留封遗书，你不看就去了？这算孝顺？"

张自强嘴唇嚅动了一下："遗书……"

大黑左看右看，凑过来对他小声说："别的咱不说啊，你妈其实是被逼死的，你就这么去了？"

张自强眼睛瞪大了，看着地面，一言不发。

大黑知道，张自强不会死了，至少不会死在看守所了。

张自强被送到监狱之后，全力好好表现。别的犯人看到他过于积极的动作之后，都嘲笑他。后来有个犯人告诉张自强："减刑靠的是你的工分，不是无事献殷勤。"

张自强在熟悉监狱的同时，开始回想自己的一生。之前

过往

生命中的一件件事情像电影一样在他眼前一幕幕浮现。一些事情无聊，他就快进；一些事情有趣，他就反复播放。有的时候他回想起那些快乐的时光，会忍不住微笑。更多的时候，他会陷入沉思，坐在角落一言不发。

有一次，他在沉思的时候，别人调侃他："看我们的大思想家又在脑子里面写小说了。"这句话倒是提醒了他，因为他发现自己左思右想，很多事情也想不清楚，他决定好好看看书，反正在监狱里面闲着也是闲着。

在管教看来，一开始他和别的犯人没有区别。很多犯人进入监狱之后百无聊赖，都会去看书。但是对绝大多数人来说，看书只会把无聊的监狱生活变得更无聊，因为监狱里面的书都是被筛选了很多次的书，以法律和政治方面居多。这两者对大多数人而言，都显得有门槛又枯燥乏味。张自强却在后来让管教刮目相看。他看书特别认真，是一行行慢慢看的，持续了很久，不是那种胡乱翻书，尝试在书中找点儿有趣情节的人。张自强后来发觉自己有种能力，他能从枯燥的书中看到不一样的东西。政治类书籍一般人不感兴趣，觉得里面全是空话，但是张自强结合了自己的实际生活体验，尽量去理解，反复推敲着这些"空话"的背后到底隐藏着怎样的意图。结合着不停反问的习惯，他有了一些思辨精神。好的，就是绝对好吗？坏的，就是绝对坏吗？

第二十章 回到竹林

因为张自强本身有一定的文化水平，又读了很多政治类的书，表达能力比较强，后来监狱让他承担了写黑板报等工作。这给他赚了一些工分，也让他后面的道路顺利了一些。

看了这些书之后，当他再回想自己之前的生命中发生的事情，他有了新的思考和体会。他发现自己一直在为某个理由活着，一开始为了复仇，后来为了爱情、亲情，最后几乎变成纯粹的物欲。他仔细思考着人生中的每次抉择。如果再让他选择一次，他还会走一模一样的道路吗？他的哪些选择是正确的，哪些选择又是错误的呢？可惜政治书上的内容告诉不了他，但有一些历史书可以，可历史书太少了，而且很热门，并不时常能看到。

渐渐地，张自强开始喜欢和人聊天。别人聊天都是为了在极度枯燥的监狱生活中找点儿乐子，张自强却喜欢在故事中听别人的人生，又在别人的人生中搜寻自己的另一种可能。

后来，张自强问了很多犯人，发现他们的经历五花八门，但是背后的东西还挺相似。最开始，他是想从他们身上总结出这种规律，但是他发现自己总结不出来，他们的经历反倒让他审视了一下自己的活法。

他感觉进了监狱之后，很多东西都随风飘逝了，只有一个人的身影一直在他脑海里徘徊。他很后悔，在进监狱之前足够漫长的时间内，他没有好好陪伴，直到一切都戛然而止。

过往

他不停问自己一个问题,母亲真的有必要自杀吗?他听的是律师转述的母亲死亡的情景,但是他想不明白母亲到底为什么自杀。这个一直坚韧活着的母亲,背负了那么多,经历了那么多,战胜了那么多,却在最后一刻投降了。

出狱那一天,大太阳,燥热,晒得人心里毛躁。管教们都来祝福张自强。他和他们握了手,离开了监狱。他联系上了朱律师,看到了那封遗书。

遗书上淡淡的蓝色墨水,上面的字一笔一画很工整。前面的部分,都是讲案件的。往后翻,一直翻到最后,终于看到了母亲写给他的话:"张自强,我的儿子,你一定要好好活下去。"只有这么一句,张自强愣住了。他捏着这张纸条,沉默了很久。他似乎有点儿明白了,但还不全部明白。他决定去看看冯家。在找人问了冯家的现状之后,他去了冯家在郊区的那个屋子。听说现在冯丽丽一个人在里面住。

从院子往里面张望,他发现里面没有人,院门也上锁了。水泥地的缝隙里长了很高的杂草,似乎已经荒废了。可是仔细一瞧,又像有人生活的痕迹,最近没下雨,地上却有一摊水。他在门口静静往里面张望。过了一会儿,他看见一个蓬头垢面、穿花棉袄的妇人走了出来,面无表情地在打水。仔细一看,似乎是冯丽丽,又似乎不是。

他试探性地叫了一声:"冯丽丽!"

第二十章 回到竹林

妇人转过头来,真的是冯丽丽,不过整张脸似乎都变了,表情变得很奇怪。冯丽丽看着他,呆呆的,说不出话。

张自强问:"冯大全呢?冯显呢?"

冯丽丽摇了摇头,似乎很迷茫。过了一会儿,她突然又说:"啊!冯大全!我爸爸。我爸爸不在这里。"

张自强又问:"那他在哪里?"

冯丽丽说:"他……我不知道他在哪里……"

张自强看着冯丽丽不语。他觉得他对这个女孩很愧疚,可是这千言万语从哪里说起呢?他问冯丽丽:"你还记得我是谁吗?"

冯丽丽呆呆地看着他,说:"你是张自强。"

张自强很诧异,他从冯丽丽的反应中看不出任何情绪。他预想了无数种可能,但是没想到冯丽丽还记得他。他说:"冯丽丽,对不起。"

冯丽丽没答话。

张自强也没再说话,就这么站在门口看着院子里的冯丽丽。

突然,冯丽丽看着远方说:"妈妈来了。"

张自强回头一看,发现蔡琪正从他背后走过来。

蔡琪还是一副农妇的打扮,不过她看着也老了很多。张自强想起了自己。出狱之后,所有人都说他老了很多,同时

过往

他眼中的所有人也看上去老了很多。蔡琪的衰老，他甚至找不到语言来描述，并非是满头白发或者背弯了下去这种外在的衰老。任何人第一眼看到她时，立马想到的话语就是"她老了"，接着想找到衰老的证据时，却又找不到，但是任何人都还是会坚定地说："她真的老了。"

蔡琪深一脚、浅一脚走在路上，眼睛只盯着眼前的地面，绷着全身的劲在走路，就像全世界都和她无关。当她终于走近，张自强仔细地看她。她脸上的沟壑深了一点儿，却也不明显；头发白了一点儿，却也不明显。只是从她脸上的表情看，她似乎完全失去了力气，像一个正在漏气的气球，虽然还飘着，但已经瘪了。

张自强看着她。蔡琪看到张自强的脚，眼珠一点儿不转动，头慢慢地抬起来。

"呀！是你，你来……干什么？"蔡琪见到张自强还是有反应的，不过不是很大。这句话开头语气重一些，后面像是中气不足，变得轻飘飘的，像没蓄满水的抽水马桶被按下了冲水键，声势浩大却没流多少水。说完这句话之后，蔡琪的脸又瘪了下去。

张自强怀疑，蔡琪今天的样子是悲苦的生活磨出来的。他对蔡琪说："我来看看冯丽丽。"

"谁让你来的？你给我……滚！"抽水马桶又被按了抽

水键。

"法律没有规定我不能站在这里。我没进你家,我站在你家外面。还有,我是来看冯丽丽的,不是来看你的。"

说到冯丽丽,蔡琪好像恢复了一点儿神采,她骂道:"都是你家,你强奸了我女儿,你妈吓疯了我女儿!"

张自强的心脏猛烈跳动,他对蔡琪一字一顿地说:"你家害死了我妈。你一点点负罪感都没有吗?"

"我……可事情是因你而起的。都是你!"

"是我,是我不对。所以你们就可以那样对我妈?就可以逼死她?"

蔡琪又泄了气,说:"我也不想那么做,都是冯大全和冯显他们。我都在帮你妈。但是我女儿呢?她就应该被伤害吗?"

"是谁逼疯她的?"

"是你妈……是你妈……"

"你到现在还不明白,是你们冯家逼疯了冯丽丽。她从头到尾都只被你们看作一笔资产,只是这一次刚好由我去兑换罢了。"

"谁说我女儿是资产的?"

"那冯大全呢?现在正在打麻将,对吧?"

蔡琪不言。

过往

"当时从我妈身上拿走的那二十多万呢？也没有用在冯丽丽身上，对吧？一部分给了冯显投资，大部分都被冯大全拿去打麻将了。冯显如今越来越富有，却不怎么认你们，对吧？"

蔡琪看着他，吼道："不是这样的！冯大全和冯显都是王八蛋，但我不是，我帮助过你妈，但是我也没想到她会自杀。"她想了想，接着说，"谅解书我们没交上去的原因是冯……"

张自强大声打断："别！别说了！现在说这个有用吗？我只求你一件事，千万别说这件事。我怕我的愤怒再也压不住，后半辈子要去报复你们。"

蔡琪嘴巴轻轻地张合，终于什么也没说出来。

张自强看着院子里的冯丽丽，她还是一丁点儿表情都没有，好像眼前这两个人说的事情与她毫无关系，是一个远在天边的故事。张自强仔细看看冯丽丽，记清楚了她的脸。他要记住这张被人关在郊区的屋子里刻意遗忘的脸。他对不起这个人。至于冯家其他人的脸，他会很用力地忘掉。同时他也会尝试忘掉那些让他忍不住去报复的仇恨。

最后，张自强说："我要去给我妈扫墓，你去不去？"

蔡琪犹豫再三，还是说："去。"

张自强没有和她说太多话，和她一起去了熊家坪的墓地。蔡琪和张自强整理了一下杂草，烧了纸钱。

蔡琪说："张燕姊姊，我……我一开始很恨你，但是很

第二十章 回到竹林

快就不恨你了。你和我一样是个可怜人。我失去了我的女儿，后来又失去了我的家庭。照顾冯丽丽的事情全部落到我身上。冯大全只知道打麻将，冯显是一只披着羊皮的狼。冯丽丽用下半辈子换来的钱都被他们糟蹋了。我之前一直浑浑噩噩的，这几年，我才更多地明白了你的不容易。我有很多东西对不起你，我明明答应了谅解书的事情……反正，是我对不起你。"她开始抹眼泪，哽咽着说道，"我也对不起我女儿冯丽丽。过去我对她不好，直到后来，我才知道我对她不好。我很后悔。"说着，声音渐渐低沉了下去。

张自强看着蔡琪，没有说话。

蔡琪哭了好久，她抹干了眼泪。张自强发现，很早之前自己看到过的那种彪悍的神色终于回到了蔡琪的脸上，这让她看着年轻了很多。她看着张自强，大声说："可是——张燕是张燕，你是你。我说了这些，你都没有为你妈掉一滴眼泪吗？张燕很可怜，她没做错什么，但是你呢？你强奸了我女儿，间接害死了你妈。当然……我家有责任，但是难道你就没有责任吗？你就是罪魁祸首！"

张自强不语，脸上没有表情，也没有低头。

蔡琪盯着张自强的眼睛说："像你这种人，为什么不去死？我要是你，早就自杀了。你害了我女儿，也害了你妈，你的罪孽太大了。"

过往

张自强说:"骂够了吗?那我再告诉你点儿别的。"他顿了一下说,"我出生之前,我奶奶就死了,她的死也和我有点儿关系。我出生的时候,我名义上的父亲死了,他是在来看我的路上死的,可以说我还害死了我父亲。后来,我在少年时代,向我的亲生父亲报复。没过多久,他就死了。我混出个人样之后,又因为强奸入狱。我母亲死在为我奔走的路上,等于我还害死了和我相依为命的母亲。"张自强深吸一口气,"这些,够不够?"

蔡琪盯着他,像盯着一个魔鬼。

"无论如何,我还是感谢你愿意来。蔡阿姨,我还要谢谢你帮助我拼上了最后一块拼图,帮我想清楚了一个我怎么也想不清楚的问题的答案。"张自强没有看蔡琪,接着说道,"答案就是我会活下去,我是个罪人,但我会以谦卑的姿态,永远地活下去,救赎自己。"

说完,张自强径直离开了墓地,没有回头再看蔡琪一眼。

离开熊家坪的时候,想到母亲曾经说过,她是在一片竹林里被强奸的,才有了他。他想要找到这片竹林,想看一眼这一切荒诞开始的地方。他到处走,到处看,却实在不知道到底是哪一片竹林。这附近竹林太多了。

突然一阵风吹来,周围的竹林,都在沙沙作响。